燃犀集

給錦玲

燃犀集

張五常　著

ARCADIA PRESS

花千樹

目錄

三、余亦能高詠

四、斯人不可聞

前言

　　《燃犀集》這個結集書名採自辛棄疾的《水龍吟·過南劍雙溪樓》。詞云：

　　　舉頭西北浮雲，倚天萬里須長劍。
　　　人言此地，夜深長見，斗牛光焰。
　　　我覺山高，潭空水冷，月明星淡。
　　　待燃犀下看，憑欄卻怕，風雷怒，魚龍慘。
　　　峽束滄江對起，過危樓，欲飛還斂。
　　　元龍老矣，不妨高臥，冰壺涼簟。
　　　千古興亡，百年悲笑，一時登覽。
　　　問何人又卻，片帆沙岸，繫斜陽纜。

　　是的，今天國家與國際的形勢，使我想到這首詞，也使我再次肯定，古往今來的中國詞人，沒有誰比得上稼軒。

張五常

二〇一九年三月二十九日

一、青天無片雲

從中國先拔頭籌看天下大勢

（二〇一七年二月二十五日在博學大講堂講話）

今天我八十一歲了。年多前，我年屆八十，科斯在美國創辦的學報要為我出版一期專輯，邀請一些行內朋友為文評論我在學術上的貢獻。當然是恭維的話。西方的學術有英雄主義這回事。只要能活到八十，在學術上的貢獻不太差，朋友們就會給你來一趟英雄式的文賀。

該期學報也邀請我寫一篇關於自己的求學與研究歷程。我於是從年少時的中日之戰與饑荒時日說起，到求學屢試屢敗，到在美國屢遇明師。近二十四歲才進大學讀本科，比同學年長六歲，但升為正教授時卻比一般升為正教授的年輕了八歲。大恩不言謝，當年在美國悉心指導我的大師比我知道的任何人多。

我在這裡要特別提到的，是幸運之神讓我在一九六九年從芝加哥大學轉到西雅圖華盛頓大學時，遇到今天也剛好坐在這裡的巴澤爾。他和我日夕研討了十三年，給我鼓勵無數。巴兄曾經在自己的學術傳記中寫下，當一九六九年到西雅圖時，我已經是經濟學行內的產權及交易費用的第一把手了。是誇張的說法，但今天回顧可沒有誇張得太甚。去年我對巴兄說，當年的哈佛、芝大等的經濟系雖然名滿天下，但回頭看他們的實力應該比不上當年的西雅圖華大。巴兄的回應，說如果是指產權及交易費用這兩方面的經濟學，我說的應該對。我給巴兄的回郵，說如果不論產權及交易費用，經濟學沒有什麼值得學。

一九九〇年，曾經是華大經濟系主任而後來獲諾獎的諾斯在一本書中提到，有一個與眾不同的華盛頓大學路向，而我是該路向的創始人。這就是今天一些人說是有機會歷久傳世的華盛頓學派。這學派當年的主要搞手只有三個人：諾斯、巴澤爾和我。可惜一九八二年諾斯和我皆離開了西雅圖華大：諾斯轉到另一間華大，而我則轉到香港。

從研究中國說起

我到港大任教職是科斯催促的。那是一九八〇年。他說中國可能真的開放改革，認為我對經濟制度的運作知得比任何人多，又懂中文，而中國要改可能不知道怎樣改才對。我從來不認為自己可以改進社會，但想到在抗戰期間那麼多的小朋友餓死了，而自己的存在或不存在皆無足輕重，為同胞們解釋一下經濟制度的運作是應該的。好些無聊之輩說我放棄了學術，其實在跟進中國的發展學得的，遠比在美國的二十多年為多。這重要的知識增長讓我今天用中文寫成了五卷本的《經濟解釋》，懂中、英二語的經濟學朋友一致認為該作超越了我所有的英語論著加起來。

我是個畢生沒有用過一張名片的人，對名頭的興趣永遠是零。受到老師阿爾欽等人的影響，做學問我要爭取的是思想傳世。是渺茫的事，但今天看好些作品會傳世。一九八二年我到香港任職時，在石油工業與發明專利的研究下了六年苦功，實在累，轉換環境或可鬆弛一下。當時我可沒有用中文寫過文章，也要多考察中國的發展，所以要到一九八三年十月才用中文動筆。

再要感謝阿爾欽的教誨。他教一個經濟學者可以解釋世事，可以提出政策建議，但前面劃着一條線，不應該跨越。北京的朋友很快就知道我是這樣的一個人，在各方面提供協助。我要求什麼資料他們立刻提供，要到哪裡觀察他們立刻安排。作為一個要研究中國發展的人，我當時的感受是一個天之驕子。這讓我一口氣寫下《賣桔者言》、《中國的前途》、《再論中國》這三本書。今天重讀自己也有點高傲之情。

提到上述，因為這次講話牽涉到國際話題，朋友說可能有點敏感，我因而要略說自己的已往。童年時在廣西過着的饑荒日子讓一位醫生對母親說我不可能活下去，而事實上當年的小朋友沒有一個活下來。後來對中國文化的體會，讓我今天還打算在這話題上出版十多本書。有這樣的經歷，血濃於水的情懷我無從掩飾。另一方面，我的經濟學問傳承了美國多位大師的智慧，我不能違反他們教的一個學者應有的操守。

世界局限的大轉變

這次講話我要從一九九一年十二月說起。當時波斯灣之戰結束，蘇聯解體，世界看來將會有大變。好友科斯剛好獲得諾貝爾經濟學獎。瑞典的朋友邀請我到那裡，在宴會上替代需要休息的科斯講話。那瑞典之行我遇到弗里德曼夫婦，是深交，幾天的時間大家日夕與共，無所不談。我對弗老說：

"看來整個地球將會增加約二十億的貧困人口參與國際產出競爭，世界將會出現大變，富裕的國家不作出適當的調整，可能會遇到麻煩。"弗老的回應，是經濟學有一個比較優勢定律，廉價勞力大幅增加當然對富裕的國家有好處，用不着經濟學者操心。理論是這樣說，但我指出先進之邦有工會的問題，有最低工資與福利制度的局限，要獲取比較優勢定律帶來的利益，需要的調校不會是那麼容易。弗老當時不相信這調校會是困難的。事實上，在此之後的十多年，弗老的好友格林斯潘幾次提到，中國的廉價物品進口有助於美國壓低通脹，為中國說了不少好話。這跟今天特朗普總統說的是兩回事了。

一九九一年到今天是過了四分之一個世紀。回頭看，雖然越南、印度等地的經濟是有了起色，但整體來說，整個地球的貧困之邦只有中國可以算得上是走出了一個貧困的局面。儘管二〇〇八年中國引進的新《勞動合同法》對經濟為禍不淺，但炎黃子孫買起先進之邦的樓房之價是事實，而炎黃子孫所到之處，商店的售貨員紛紛學幾句中語也是事實。今天的中國不僅變為上世紀七十年代的日本，而且是七十年代的十個日本。

中國的經濟究竟有多大

近兩年，西方喜歡稱中國為地球上的第二大經濟體。怎樣算法我沒有考究，但以金錢量度這方面看，他們的看法可能不對。大略地看，中國的樓房價格比美國的約高出一倍，而且到處的大廈林立遠比美國的多。另一方面，中國的人口約美國的四倍，沒有種族歧視，而生產力不弱。在這些之上還要加上中國的基礎建設——公路、高鐵等設施——已達一等。報導說今天的中國，每年在國際上的發明專利註冊數量冠於地球。

從人均的金錢收入衡量，中國還遠遜於美國。我曾經指出，人均的金錢收入，以消費者平價算，中國要追上美國遙遙無期。不是不可能，小小的新加坡的人均金錢收入逾美元六萬，高於美國。然而，就算中國能跳升到這個水平，恐怕從實質的收入看中國還有好一段路要走。這是因為比起中國，美國是遠為近於《聖經》說的伊甸園。美國地大人少，風景優美，在生活的享受上市民的消費者盈餘比中國的為高。例如在美國的次級城市，一間擁有無敵海景的花園房子只約美元五十萬，同樣水平的在中國之價要高出十多倍。伊甸園什麼都有，享之不盡，但沒有市值，所以亞當與夏娃沒有一分錢，從我們的世俗看是窮光蛋！這是説，就算以金錢計算的人均收入中國能追上美國，但算進伊甸園那種消費者盈餘中國還輸一大截。

中國自己的伊甸園

從另一個樂觀角度看，中國也有一個美國沒有的伊甸園，只是少人注意罷了。這是中國的古老文化，大可享受。拿着一件出土的古文物在手，我可以自我陶醉一個晚上，不一定比無敵海景差。問題是欣賞無敵海景不需要學過，但要欣賞中國的文化可不是膚淺的學問。

數千年經過無數天才發展而遺留下來的中國文化説不得笑。這些年我欣賞北京的朋友重視自己的文化。據説大大小小的博物館今天的中國有幾千間。但我認為他們處理得不好。政府禁止出土文物在內地出售，這使精美的戰國金屬器皿紛紛在外地的拍賣行出現。我因而建議要讓內地的市場挽留這些文物。另一方面，不親自收藏，中國的文物——不管是出土還是不出土——不容易學得懂。不需要多少錢，我自己從地攤貨的真真假假學得很多。沒有疑問，中國的文物是一個龐大無比的伊甸園，只要博物館辦得好，有可靠的專家指導，展品有故事可説，這個文化伊甸園不亞於無敵海景。

這就帶到我要説的一個重要話題。伊甸園的享受無疑是一項重要的收入，但主要是消費者盈餘，沒有市場，不能算進以市價量度的財富那邊去。這樣看，美國的地價低，中國的地價高，儘管美國的人均享受遠高於中國，要拿出鈔票在國際上揮灑一下，他們卻又鬥不過炎黃子孫。這是習近平先生提出一帶一路這個構思的先決條件了。

知識引進是第一關鍵

不管怎樣衡量，今天回顧，自一九九一年在瑞典我跟弗里德曼暢論世界經濟，距今四分之一個世紀，貧困之邦能殺出重圍的雖然不止一個中國，但説中國先拔頭籌卻無可置疑。我更要指出從一九九三到二○○七這十四個年頭，在好些不利的情況下，中國經濟增長的速度之高是人類歷史僅見。朱鎔基先生的貢獻我欣賞，但經濟持續地飆升十多年不可能是一個或一小撮人的功勞。朱總理當年主導的市場合約自由與其他政策當然不可或缺，但還是不足以解釋我們見到的現象。

最近我想到兩個解釋中國現象的關鍵，皆源於與弗老之會的內容再想。其一是比較優勢定律這回事，理論無疑對，但引進沙石這定律的運作不同。大概而言，地球上的資源只有三類。其一是土地（包括地下的礦物），其二是勞力，其三是知識。土地不能移動——不動產是也——其增減對經濟當然有影響，而農產品或礦物的進出口，如果沒有政府管制，會影響他邦的經濟。勞動人口可以走動，但國際之間不容易，而通過國際貿易雖然會帶來比較優勢定律所說的效果，但國際上的勞工法例、最低工資、工會運作等沙石可以大幅地削弱比較優勢定律的運作。

只有第三種資源——知識——在國際間是自由流動的：絕大部分的知識沒有專利保護，就是有也只保十多年，而商業秘密會跟着外資的引進而進，一旦外洩基本上無法收回。我認為中國能先拔頭籌的一個主要原因，是開放改革後外間的知識湧進得快，非常快，而中國的青年也吸收得快。外資當年的湧進帶來的商業與管理知識當然重要，而今天看更為重要的是數碼等科技的發達，湧進中國炎黃子孫學得快，掌握得優越。這裡我們要注意的，是中國本土的市場大，而大市場是數碼商業快速發展的先決條件。

一些西方的朋友認為中國盜用西方的科技發

23

明。這觀點不對：不用盜，不是商業秘密的科技在
網上全部可以找到，而商業秘密一旦外洩就成為共
用品。我曾經花了美國的國家科學基金不少錢，勞
師動眾，研究發明專利與商業秘密的保護與租用合
約，可惜幾年的深入研究只寫下一份長報告與發表
了一篇關於商業秘密的文章。不管怎樣說，中國要
感謝西方科技知識的引進。

另一方面，在文革期間，中國的大學好些課程
不能教。這迫使求學的青年偏於數學與工程這些方
面。雖然文革是四十多年前的往事，這傳統還在。
後來到了江澤民時期，大學的數量急升，到今天每
年的大學畢業生七百萬人，懂得處理方程式的中學
生所見皆是。也重要的是中國沒有西方那種工會的
林立。中國的建築或裝修工人一般是樣樣皆能。是
的，在西方，因為工會的左右，水歸水，電歸電，
煤氣歸煤氣，泥水歸泥水，木匠歸木匠，不能"撈
過界"。

深圳是一個新現象

上述的局限轉變帶來近幾年出現的深圳現象。
我歷來認為有朝一日，上海的經濟會超越香港，沒
有想到深圳。去年我說兩年後深圳會超越香港，但

今天看是已經超越了。再兩年會超越很多！去年我也說再十年深圳會超越硅谷，但今天看不需要十年。華為、騰訊、大疆等有大成的可以不論，據說搞科技產品的企業深圳有八千家。馬雲也要到深圳來摩拳擦掌！這個城市的人口增長速度遠超昔日香港的難民潮，但我找不到一個可靠的數字。說深圳將會超越硅谷，我們要算進深圳的發展擴張到相鄰的東莞與惠州去。

當然中國還有其他城市的科技產品搞得有看頭，但深圳冠於內地今天沒有疑問。新《勞動合同法》對科技行業的約束為禍較少，因為這行業的市場工資比較高，在好些方面脫離了該合同法的約束。然而，目前在東莞，因為該法的存在，高與低科技之間出現了一個斷層。

為什麼在科技產出的發展上深圳能捷足先登是個有趣的問題。多個因素無疑存在，而我認為最有趣而又少人注意的，是今天的深圳沒有幾個本地人。全部是外來的，因此完全沒有排外這回事。排外或宗教、種族歧視對經濟發展可以有嚴重的不良影響，而深圳是一個從三十多年前的二十多萬人口升到今天二千多萬的城市。這是非常誇張地重複了百多年前美國西岸因為尋金熱而帶起了舊金山的故事。是的,因為新《勞動合同法》的引進而變得死氣沉沉的東莞,因為深圳的土地不足而一下子活躍起來了。

深圳今天的遠為不足處,是大學不僅太少,水平也不見得高明。另一項嚴重的缺失是文化事項深圳遠遜於上海等地,而那裡的博物館是沒有什麼可觀的。

基建速度高是第二個關鍵

轉論中國先拔頭籌的第二個關鍵,是在勞動力之價低廉的八、九十年代,中國在基礎建設這方面發展得快。就是到了本世紀初期,一個力壯的勞動工人只五美元一天,往往從天未亮操作到天黑。當年我見到這情況感到心酸,今天回顧炎黃子孫要感謝這些人。中國的基建工程不僅興建得快,而且質量越來越高,到今天是世界級水平了。高速公路的興建每年可以橫跨美國兩次,而難度甚高的高鐵,約十年建造了二萬三千公里,達地球的百分之六十以上。

都是勞苦大眾的血汗換得的成果,而重要的協助,是中國既沒有西方的工會,也沒有西方的民主投票。這些方面,一九八三年我對北京的朋友力陳不要仿效西方。這裡的問題是興建得快而又優質的基礎建設不一定是划算的投資。以高鐵為例，算進利息，歸本還是遙遙無期。問題是這類大興土木的投資不能單從金額的支出與回報看。那些所謂外部性對不同地區的地價影響，對人口在不同地區的變動的價值的正或負，原則上也要算進去。大概的衡量也不易，精確不可能。我只能説，大略地看，中國的基建項目很少見到負值。這樣，不論歷史成本，中國的基建項目對將來的發展會有大助。

天下大勢是新三國演義

轉談目前的天下大勢之前，我要先説兩件事。其一是中國今天的經濟情況不好。去年我在這裡提出了十一項改進的建議，皆如石沉大海，而今天的經濟沒有改進。這只是個人之見。其二是論天下大勢不能不提及國際政治，而我是個對政治半點也不懂的人。因此，我只能局部地看世界。

今天的地球出現了一個新局面：有三個性格剛強的國家領導人一起存在：俄羅斯的普京、中國的習近平、美國的特朗普。我戲稱世界將會出現的是新三國演義。一位朋友説還有一個菲律賓的杜特爾特，變為四國。我説菲律賓只是一個島，不算。當然是説笑，但一些朋友認為一項大戰可能出現。若如是，我要説的全部作廢。

特朗普的經濟觀有誤

我要先處理一個話題。特朗普總統是一個了不起的商人，他的言論含意着的，是要用做生意的手法來處理國際經濟。這是不對的。做生意在市場競爭，圖利要把對手殺下馬來。但國際貿易呢？要賺對方的錢你要讓對方賺你的錢。特朗普説要抽中國貨百分之四十五的進口税，但其實這是抽美國消費者的税。美國會因而有通脹嗎？甚微，因為越南、印度及無數其他落後國家的勞力工資遠比中國低，美國的消費者會轉向質量較低但更為廉價的產品。

美國如果全面大幅提升廉價物品的進口税，充其量只能讓本土的一小撮現存的出產商人獲利，不會鼓勵新廠的設立。這是因為增加了的進口税隨時可能撤銷，一個投資者會選擇比較穩定的項目才下注。要是美國真的大抽中國貨的進口税，中國應該以牙還牙地也大抽美國貨的進口税嗎？不應該，因為這對中國的消費者與投資者半點好處也沒有。我是主張中國撤銷進口關税的。在報章上讀到習近平先生的言論，他的主張也是大放外貿。他是主導一帶一路這個構思的人，當然知道開放外貿是這構思的一個需要條件。

特朗普主張杜絕墨西哥人的非法進入。但美國的農業主要是僱用着這些非法進入的墨西哥人。選擇性地讓一些墨西哥人作為農工有所需要，但美國的最低工資要怎樣處理呢？目前中國是美國農產品的最大買家，提升美國農工的工資中國會轉到其他地區購買。地球逐步一體化是大勢所趨，特朗普總統卻要逆流而上。但他是聰明人，可能改變主意。

兩國演義各取一法

論天下大勢，我要從上文提到的新三國演義簡化為兩國演義——美國與中國——因為我對俄羅斯的情況不瞭解。不能說我很瞭解美國與中國，但應該及格。我要從兩個有關鍵性的觀察說起。因為美國與中國的文化很不相同，傳統上這兩個國家的對外邦交的政策有別。

大略而言，美國是以軍事利益的協助來換取他國的友情，而中國則是用經濟利益的協助來換取他國的友情。前者是源於二戰後，美國的軍力與財富皆雄視天下。他們協助了很多國家——尤其是日本——的經濟復甦。但跟着就是恐怕共產制度的擴散而把軍力輸送到其他國家作防守。今天回顧，上世紀五、六十年代，美國真的很怕共產思維的擴散。

以軍事利益與經濟利益換取國際友情是有着很不相同的局限，期待的回報很不一樣，而二者的持久穩定性也不同。輸送軍事利益換取友情遠為容易，因為只要打通一小撮執政者的關係。但不穩定，因為這一小撮執政者可能被迫下馬或被投票者替換。最近菲律賓的發展就是例子。輸送經濟利益換取友情是遠為困難的事，因為不是只派錢出去，要有投資的回報，而這樣的邦交還要有民眾的支持。辦得成功，經濟利益協助的穩定性可以持續，換了國家的頭頭還會持續下去。

美國由盛轉衰源於戰爭

美國是一個非常優越的國家。只二百多年的歷史，他們在科學與文化上的發展是人類的驕傲。然而，很不幸，二戰後選走軍事輸送的路，嚴重地害了他們。想當年，世界警察這個稱呼出現後不久，六十年代他們糊裡糊塗地參進了越南戰爭。打了好幾年，導致美國經濟不景逾十年，到里根總統才出現轉機。

越戰後我的兩位朋友──弗里德曼與 Walter Oi──成功地說服美國有關當局放棄徵兵制，轉用傭兵制。當時大家叫好，但今天看卻不一定是那麼好。這是因為在傭兵制下，反對戰爭的學生不存在，政府容易出兵，不需要先有國會批准，可以先斬後奏。該傭兵制的優越性首見於一九九一年的波斯灣之戰，美軍的先進武器驚世駭俗，害得蘇聯要瓦解。可惜該戰後美國對伊拉克的處理讓弗里德曼失望。

傭兵制是一種軍事費用非常高的制度，大戰困難，但小戰卻容易出兵。是在這樣的局限下美國不幸地參與阿富汗與伊拉克之戰。後者對美國的經濟為害甚巨。而跟着的利比亞、敘利亞以及中東亂局是今天更為頭痛的事了。我曾經在一篇題為《恐怖活動的經濟分析》的文章中指出，當一個人認為自己的機會成本是零，憑一夫之勇他可以害很多人。

美國的"世界警察"之譽，十多年前在香港與內地我聽到一些朋友認同，但伊拉克之戰後再沒有聽到。

一帶一路的發展怎樣看

轉談中國今天採用以經濟利益換取他國的友

情，是源於中國的古老文化——二千五百年前的春秋戰國滿是這樣的言論。但上文提到，這策略的施行不易。近二百多年，這策略我們只在進入了新世紀才見得明顯，而習近平先生推出一帶一路是明顯地這樣處理。經濟上大事協助他國，友情之外當然還要算投資的回報。這應該是習近平先生堅持經濟不斷開放的原因，因為不開放會是"無帶無路"。

當然，在習先生之前的中國早就以經濟利益換取國際友情。非洲有幾十萬人口住在廣州做生意有不少時日，而習先生大事以經濟利益推廣南美貿易。到浙江的義烏走走，計算一下長住該市的外籍商人，拿得他們的入住時日，應該知道這發展牽涉到的國家的時間表。中國這項重要的以經濟利益換取友情的行為，在新世紀開始後不久就來得明顯了。這是因為中國的地價在二〇〇一年開始急速上升，國家的金錢財富增加，讓一個非伊甸園的經濟有足夠的金錢花出去。

這幾年習近平先生推出的一帶一路需要的金錢更多，夠不夠支持這巨大工程我無法判斷，而收來的回報為何我更沒有資料猜測了。是有意思的思維，但難度高。換取他國的友情不易，因為這裡討好了甲那裡可能開罪了乙。一個馬來西亞的項目，看來是上佳思維，但新加坡因而受損，當然不高興了。地球上只有三塊可以步行而過的大地：澳洲、南北美洲，與歐、亞、非這三洲加起來那塊最龐大的。一帶一路是要把歐、亞、非三洲以經濟合作搞起來，牽涉到的大國小國無數，其難度可想而知。

人民幣推出國際必遇競爭對手

目前我最擔心的，是人民幣的幣值問題。以經濟利益換友情，人民幣能推出國際會有大助。把人民幣推出去不需要有強勢，但一定要幣值穩定。人民幣推出國際本來大有可為，因為有點錢的炎黃子孫滿佈天下，給祖宗一個面子是人之常情。然而，人民幣推出國際一定侵犯了其他的國際貨幣——主要是美元——的國家的利益，人家要把人民幣殺下馬來在道德上沒有問題，正如商店之間的同行如敵國，要把對手殺下馬來是合情合理的。人民幣推出國際的成本近於零，一本萬利，但被替代了的他國貨幣卻是被替代多少輸多少。他們怎會視若無睹呢？上世紀七、八十年代，日本嘗試大手把日圓推出國際，不僅不成功，連整個經濟也倒下去，到今天還是一蹶不振。年多前，中國的兩個自貿區試把人民幣推出去，不多久就敗下陣來。可幸國家因而受到的損失不嚴重，還可以再試。我多次為文建議人民幣要下怎麼樣的一個錨才推出去。

沒有戰爭中國勝

回頭説，美國提供軍事利益與中國提供經濟利益換取國際友情，這二者大比併，經濟理論的推斷是只要沒有戰爭，中國終會勝出。這是從帕累托的條件衡量，我想不出怎麼樣的局限會讓軍事利益的輸送勝。利益與友情只有三個可能的組合。其一是中、美兩國皆以經濟利益換友情。這上上之選是斯密與帕累托的均衡，人類大幸。其二是兩國皆以軍事利益換友情，這是下下之選，戰爭變得無日無之，地球危矣。從帕累托那方推理，這下下之選的均衡存在，但要基於一個訊息費用高不可攀的局限。最後是一國推出經濟利益另一國推出軍事利益。這是目前的情況，持續下去不會出現均衡，或者説，我想不出這後者的均衡需要的局限條件。這是説，只要戰爭不出現，從我考慮到的局限推理，假以時日，中國會勝出。

勝出的意思，是説軍事輸送的取向，假以時日，會遭淘汰。不是美國會遭淘汰。這是不淺的經濟學，因為需要中國堅持經濟利益輸送，美國的軍事輸送才會遭淘汰。沒有中國的存在，美國的軍事輸送可以有一個持久的均衡。這不淺的均衡觀有淺顯的一面。好比兩家商業機構競爭，皆提供安全及其他服務，性質不同，雖然宣傳的效果雷同。今天，地球漸趨一體化，客戶的數量增加，他們的需求有變，民以食為天，一家機構提供的服務勝出，淘汰了另一家。

是的，如果美國失敗，是敗於恃武淩人。如果中國失敗，是敗於未富先驕──從西方引進的勞動法、社保、反壟斷法、複雜稅制等，皆屬未富先驕的行為。我們希望美國能儘早改走以經濟利益換友情的路。這樣的競爭才有意思，才過癮，才好看。兩個大國皆如是，地球人類的生活可觀矣。

關稅保護的效果

回頭說美國新上任的總統特朗普的經濟觀，他的主張是採用保護政策來使國家再偉大起來。很一致：建造美、墨之間的圍牆是保護，禁止七個中東國家的人民進入美國是保護，約束美資外流是保護，退出 TPP（跨太平洋夥伴關係協定）是保護，大幅提升中國貨的進口稅也是保護。主導了世界開放貿易七十年的美國，在地球漸趨一體化的今天，特朗普卻一反其道而行──他的言論讓我們這樣看。

我不懂政治，也不懷疑某些保護是需要的。這裡我只分析大抽廉價物品的進口稅這項保護政策，因為這方面我的經濟觀有點新意。我要舉上世紀七十年代經濟發展得如日方中的日本為例。當時該國採用的進口關稅保護嚴厲。一九七五年的暑期我造訪東京，見到那裡的高檔次商店，一粒葡萄售價約一美元，一條法國領帶之價與當時非常昂貴的一部彩色電視機之價相若。皆關稅保護之故也。

這裡的有趣觀察，是在外國不回敬反抽的情況下，進口稅或其他有類同效果的保護可使獨自保護的國家的國民收入上升，股市強勁，但從國民的實質享受衡量卻是虛假現象。這不是因為傳統經濟學說的"理想關稅理論"使然──該理論是謬論──而是傳統的糊裡糊塗的國民收入統計使然。有點像我提到過的伊甸園的故事的伸延：亞當與夏娃離開了伊甸園，走進真實世界，實質的享受是減少了，但金錢的收入──今天的國民收入──卻增加。人類的智慧為萬物之靈，但自私的基因還是被訊息費用誤導了。

這裡有一個關鍵問題：源自李嘉圖的比較優勢

定律——說專業產出與自由貿易會使所有國家獲利——是真理，不可能錯，但這定律可沒有考慮到通過貨幣來調控經濟與量度國民收入。算物品的產量，李嘉圖無疑對，但引進貨幣，國民收入的增減容易誤導。

日本的不幸經驗可教

故事再說下去，日本的運情不是那麼好。上世紀八十年代後期起，該國的借貸膨脹然後破裂，經濟倒了下去，到今天整整三十年還見不到有明確的起色，是近代人類歷史最持久的經濟不景了。借貸膨脹然後破裂帶來的調整需要長時日，但比日本更嚴重的美國二〇〇七年出現的借貸破裂，約七年就見到起色。我認為日本持續不景三十年，一個主要原因是保護政策帶來的高物價，需要的逐步下調為時甚久。去年一些漫遊日本的朋友說，那裡的物價比中國還要相宜。弄到要推出負利率這項愚蠢玩意，日本應該悔不當初吧。當然，今天特朗普總統主張的保護政策不會像日本當年那樣嚴厲，所以不良效果不會是那麼明顯，但國民收入的上升還會誤導。

這些日子一些朋友說，美國要維持經濟第一大國的位置，問我怎樣看。我說國民收入這類數字很無聊，讓他們高居第一算了。我喜歡引述香港前財政司郭伯偉曾經教我的話。郭老說："史提芬呀，國民收入的統計很無聊，你相信嗎？晚上到灣仔走走，香港的經濟怎樣可一望而知。"

中國今後應走的路

儘管我認為特朗普的保護政策對習近平的一帶一路的推行有助，我的經濟觀還是主張中美雙方全部撤銷所有進出口關稅。就是美方大幅提升中國產品的進口稅，我還是主張中國單方面撤銷所有關稅。好比香港，歷來沒有關稅，上世紀七十年代以自由貿易知名天下，無論成衣、玩具、手錶等五六項產品的產量皆冠於地球。今天中國的生產實力不是七十年代的香港，而是七十年代的二百個香港！是的，從生產力這方面衡量，炎黃子孫是進入了一個有恃無恐的境界！

不管世界怎樣變，地球一體化將會繼續。只是在過程中牽涉到的局限變化多而複雜，作為經濟學者我無從推斷在這一體化的過程中會出現的枝節。就是只論中國，今天我對國家前景的推斷不能像一九八一年我肯定地推斷中國會改走市場經濟的路那麼準確。當年我能肯定，因為是掌握着兩方面的局限轉變。

今天中國的經濟出現了好些困難，也有些亮點。解決了這些困難，亮點的重心所在，是要把中國的文化與西方的科技結合起來。如果成功地做到，做得好，這會是人類前所未見的光輝。讓地球上的人看得目瞪口呆不是很有意思嗎？北京的朋友顯然知道這是中國發展的重心所在：他們對炎黃子孫的文化與西方科技的重視是清楚明確的。可惜我認為他們辦得不是那麼好。年多前我出版的《科學與文化》那本小書提供了一點意見。

不久前在電視看到一位西方的中文專家評論，說中文比不上英文，在地球一體化之下，有朝一日中文會被英文淘汰。我肯定這位專家的判斷是錯的。我不是什麼語文專家，但中文與英文皆能寫到專業水平的學者不多，而我算自己是一個。客觀地看，如果上蒼只容許中文或英文這二者選其一在地球存在，讓我選擇，我選中文。我只是今天才這樣選，因為昔日中文不能打字，而今天數碼科技讓中文打字比打英文還要快。將來的學者會同意我今天的看法：源於美國電話的實驗室發明的半導體帶來的數碼科技，地球上受益最大的是中國人。

朝鮮將改變國際貿易的秩序

（二〇一八年五月二十一日發表於《蘋果日報》）

　　我平生沒有參與過任何政治活動，對政治人物也算不上有比街上的人多知一點的認識。然而，每四年一次的美國總統大選，我喜歡在電視瀏覽一下。當然沒有像林山木、楊懷康等高人那樣懂得欣賞——今天我是連新潮電影也看不懂的人——但美國的媒體很懂得把總統競選的熱鬧化為有娛樂性的報導。有時我想，美國總統競選花去的龐大經費，可能被媒體報導帶來的娛樂收益抵銷而有餘了。

金正日選對了接班人

　　提到上述，因為三月二十五至二十八日，朝鮮的金正恩夫婦與習近平夫婦在北京的會面，與四月二十七日金正恩與南韓文在寅的會面，場面感人，大家表現出的友情沒有導演可以導得出來。中諺說相逢一笑泯恩仇，這不對，因為習、金、文這三位

41

之間從來沒有什麼仇恨，只是與他們三位無干的歷史包袱加在他們的身上，他們一下子就把這包袱棄如糞土，瀟灑利落，讓我看到要站起來。

可能因為我從來沒有見過金正恩與他太太的應酬亮相，這次見到我十分欣賞。他思想敏捷，反應快，決策果斷。是好是壞是另一回事，是對是錯也是另一回事。我不由得想，金正日是選對了接班人。

說起來，我們的習近平先生也是那樣的一個人。不是今天才這樣說。五年前，習上任不久，我在北京講話，講後有一位同學問我對習近平怎樣看，我說一九八六年十二月在廈門鼓浪嶼習先生請我和太太進午膳，談了兩個小時，認為這個人有自己的思想，所以對中國的前景要看好一線。我那次講話有記錄，今天應該還可在網上找到。可惜事後的發展我不容易看好，而作為一個學者，不能說假話，要批評的我多次批評了。批評得有點婉轉是禮貌上的需要。我可能說錯，但我不能說自己不相信的話。

制裁制出一個經濟學者

說起來，我自己在學問上的進取與朝鮮是有點關聯的。一九五四年，朝鮮戰爭結束後不久，因為沒有學校收容，我轉到父親在香港永樂街二十號的文來行學做生意。是父親的要求，但他也要求我要找機會繼續求學。那時朝鮮戰爭雖然結束，但嚴厲的禁運（今天稱制裁）依然存在。因為禁運，當時集中於永業街的西藥進口商一律賺大錢。我父親的商店也是個受益者。從事電鍍要用的原料進口與銷售，當年的禁運讓父親的商店賺了不少錢。主要是電鍍必用的一種名為鎳的金屬的進口，一條一條的，稱鎳條。三塊多港元一磅進口價，因為禁運而炒高到四十多元。

我父親的文來行為什麼可多賺錢呢？因為是老字號，拿得出當時香港的電鍍廠家的最終用者（end user）的證明，可以在限量下獲得鎳條進口的批文。當時整個香港只有我們一家是正規的——當年我為這些批文跑香港的工商署，所以知道。其他偶爾在市場見到的鎳條怎樣進口就不清楚了。

一九五七年，鎳條進口的管制還在，但放寬了一點。這放寬空出了另一個較為容易的途徑。當年舉世的鎳金屬皆產自加拿大，為了要跟加國的產鎳商考慮轉用較為容易的途徑，我在該年的七月三十一日坐船十八天到舊金山，再轉坐火車五天到加拿大的多倫多。是簡單的洽商,只兩天就得到加方同意採用新法,但當時還沒有什麼長途電話,飛機飛不到那麼遠。

洽商好鎳條運到香港的新方法,我想起父親謝世前對我說的一番話,決定留在北美求學。在多倫多旁聽了一些中學課程,學得幾句英語,以超齡的資格進入了洛杉磯加州大學。那時我快二十四歲,比同學年長六歲,急起直追,一九八二年回港任教職時,我在美國作正教授已經十三年了。當年沒有誰會想到,朝鮮受到外間的制裁,某程度上是從一九五〇年制裁到今天!

也制出一枚原子彈

我不懷疑一個小國受到制裁會受到損害,但制裁這回事,我們可沒見過一個事與願同的例子。朝鮮的經驗,是制裁制出一個人造衛星,一大批火箭,與不知若干個核彈。不管我們是否同意金正恩這樣做,我們不能不承認他是有着了不起的才能。看看伊朗吧。這個地球上的產油第三大國,錢夠多,嘗試了多年也不能把核彈造出來。

今年六月十二日,在新加坡,金正恩將會見美國總統特朗普。特總統說會協助朝鮮的經濟發展。

我認為朝鮮不要選走昔日日本的路，何況金正恩是個不食嗟來之食的人。他應該提出兩項合理的要求。其一是不要干預朝鮮的經濟發展，其二是要讓朝鮮的產品免稅進口美國。這些是合情合理的要求。只要美國免了朝鮮貨的進口稅，世界的貿易秩序就會改變了。

香港的經驗可教

我肯定地這樣說，因為想到上世紀七十年代的香港。當年香港的人口五百萬（今天朝鮮二千五百萬），人才不怎樣了不起（六十年代的動亂，不少精英離港，換來不少來自大陸的偷渡客），但成衣、玩具、手錶、假髮、塑膠花等五六項產品，其產量在國際上皆佔了鰲頭。算不上是頂級貨，但在重要的成衣那項，因為香港供應量大，西方引進配額制度，香港的成衣就變為頂級了。這是經濟學中的需求定律使然，我為文解釋過。

論人口的勞動力，今天的朝鮮是昔日的五個香港。論工人的質量，今天的朝鮮勝當年的香港。我們要知道朝鮮是地球上唯一的沒有文盲的國家。他們造得出火箭、衛星、核彈之類的產品，不是孩子們的玩意，而這些年到過朝鮮旅行的幾位朋友，一律說該國的地方清潔、民眾守紀律。不要誤會，我不是贊同這樣的生活，不認為那樣的制度可以培養出像我這種喜歡獨自魂遊因而創意來去縱橫的人。但說到在工廠操作產出，這樣的民族與文化有其可取處。若干年前我跟一位在美國研究朝鮮文化的學者談及朝鮮這個民族，他說朝鮮人是善於不知死活地拼搏。我希望金正恩在大事開放後會儘量寬容，讓人民享受市場經濟的多彩多姿。

把地球一體化推入正軌

我也希望金正恩不會在朝鮮開放後就轉向從事高科技產品。造得出火箭與核彈，他們當然有資格問津高科技。然而，民以食為天，朝鮮應該先向國際龐大市場的日用製造品進軍。五個昔日香港加起來的勢頭會是一個現象，國際現有的貿易秩序會改變，而地球一體化的歷程會因為這生力軍的參與而增加了速度。今天收入微不足道的朝鮮民眾，在起步的頭幾年其人均收入增長每年將超越百分之五十！這類推斷我從來不錯，只是局限的轉變要依我在上文指出的。

越南、印度等今天人均收入高出朝鮮的會遇到一點麻煩。我認為不到五年朝鮮的人均收入會超越這些國家。外資的湧進當然首推韓國，繼而是中國與日本。中國的製造行業當然也會受到影響，但有壞的與好的兩方面。壞的一方面是好些傳統的製造行業會受到衝擊。好的一面是今天大罵中國廉價產品導致美國貿易逆差過大的美國，會因為朝鮮產品殺進美國市場而再罵不出口。大抽中國洗衣機的進口稅有什麼用呢？質量相若的朝鮮洗衣機可能只有中國產出的六折之價。美國要朝鮮放棄核武嗎？膽子再大，沒有誰會在美國設小型洗衣機廠。

可幸這些年在高科技的產品上中國發展得有看頭，但勞動工資只有中國一半或以下的地區，會很不好過。這是地球一體化的必經之路，而朝鮮參與競爭是把這一體化加速了。不久前美國逾千經濟學者聯手出信，反對特朗普的進口稅觀。他們是說經濟學有一個比較優勢定律，美國不要背此定律而行。朝鮮大事參與國際產出競爭，會明確地證實違反這定律的保護政策是愚蠢的。

是的，朝鮮的開放將會改變國際貿易的秩序。從正確的經濟學衡量，小小的朝鮮是要把這秩序推入正軌。若如是，給金正恩一個諾貝爾和平獎吧！

南北二韓統一的關鍵局限

（二〇一八年五月二十九日發表於《蘋果日報》）

（五常按：五月二十四日晚上，本文完稿時，特朗普總統忽然宣佈取消與金正恩的會面。這會影響南北二韓的前途，但如果兩韓友好互通，本文的結論不會受到影響。）

不久前用了兩個月的時間為自己的全五卷《經濟解釋》作了一次修改，稱為第五版，主要是把此前寫過的一些要點再說得清楚一點。我慣用的經濟學只有三個基礎：需求定律、成本概念、競爭含意。這些是整個經濟學不可或缺的範疇。比他家的簡單很多，但要用出變化才有可觀的解釋力。一九六九年，我對西雅圖華大的同事說我們不能用複雜的理論解釋複雜的世事。他們同意，認為我是改革傳統理論的人選。我見世事複雜，決定把理論簡化，每一步皆以真實世界的現象引證。這項工程我從事了數十年，今天算是給自己一個交代。

推斷行為要掌握局限轉變

重點是這樣的。上述的三個基礎屬公理性;公理性的實證科學不僅可在事後解釋現象的發生,也可在事前推斷某些現象必將發生。既然可作事前推斷,以事實驗證假說——即試行證偽——就成為實證科學的主要法門了。四十多年前在美國我提出今天成了名的例子:一紙百元鈔票在行人路上,在我指定的情況下,會失蹤,而情況有變該鈔票失蹤的概率怎樣變也可以推得很準確。在所有科學中只有經濟學可以事前推斷鈔票的失蹤!這推斷是用着上述的三個簡單的理論公理,一般化起來可以推斷或解釋人類的所有經濟行為!

今天經濟學者一般不相信這些簡單的經濟學公理可以解釋起自人為的世事。這是四十年來經濟學發展的悲哀。不止此也,他們發明了無數無從觀察因而無從驗證的術語,教學生玩弄那些自欺欺人的回歸統計分析,而又推出那基本上與經濟學無關的博弈理論。這是為什麼二○○○年退休後,我大興土木,寫《經濟解釋》。當年可沒有想到要用上十八年。

當然,絕大部分可以事後解釋或事前推斷的人類行為,不是上文提出的鈔票失蹤那麼簡單。然而，我的經驗說，解釋或推斷人類的行為，不管如何複雜，只要我們能掌握有關的局限轉變，經濟理論的解釋或推斷很準確。無數的經濟學者不會同意，但經濟學跟其他學問一樣，從事者有大人與小孩之分。

讓我舉個重要的例子吧。一九八一年我肯定地推斷中國會改走市場經濟的路，因為幾位諾獎得主大聲反對，該推斷要到一九八二年才出版。當時我掌握着兩項有關鍵性的局限轉變，簡化下來就跟推斷鈔票失蹤沒有兩樣。然而，世事複雜，考查當時中國的有關局限轉變我花了一年多的時間，而任何人考查鈔票的失蹤局限則用不着兩分鐘。

不止此也。考查真實世界的有關局限轉變往往可以錯，推斷因而會跟着錯。這不是說簡單的經濟理論不管用，而是世界複雜，要這裡那裡考查，這邊那邊衡量。今天在這裡寫專欄，為興趣下筆，推斷南北二韓會否統一，我有的時間不是兩年，而是兩天。推錯了當然沒所謂，推中了也不值得仰天大笑。

文化相同利於統一

何謂國家，為什麼會有國家，不是淺學問。大致上，我在新版《經濟解釋》的第五卷處理了。這裡考慮與推斷南北二韓會否統一這個問題，我們當然要從局限轉變帶來的利與害衡量，得到的結論是不僅統一有大利可圖，更重要是因為天然資源分配的局限南北不同，不統一不容易處理。讓我分點說吧。

首先說文化。歷史說，文化互通是《三國演義》說的分久必合的主要原因。共同的文化可以相當大幅地減低一個民族的制度或交易費用。以中國為例，十多年前我到位於山東的孔子故里曲阜一行，跟着又到廣西的黃姚古鎮一行，竟然發覺兩地展示着的對聯的品味與風格完全一樣，雖然文字的水平前者明顯地高於後者。只不過百年前，這兩地是近於無從接觸的。為什麼品味與風格皆一樣呢？

更奇怪是出土的古文物。從上古的紅山文化到春秋戰國到漢、唐各代的玉石與金屬等器皿，年代不同風格各異，但年代相同則風格一致，雖然出土的地方相隔甚遠。

南北二韓的文化我沒有研究，但顯然是很一致的。除非是韓國人，你不可能讀懂他們的文字。中國的文化他們是喜歡的——我知道他們有收藏中國書畫的傳統——但為什麼他們的文字跟中國的差那麼遠是有趣的話題。相同的文化可以減低交易或制度費用，而南北二韓皆小國，統一後人口增加會容易地享受着個人的平均制度費用下降的利益。

其次談國防。二韓統一，國防費用當然會大幅下降。統一後他們還有什麼國防費用呢？俄羅斯與中國皆沒有興趣搶奪他們什麼，日本也沒有興趣。昔日有套電影稱《西線無戰事》，二韓統一就會出現東線無戰事，這對中國大有好處。

再其次說投資與貿易在統一後的互通，這裡有點問題，當然也有利益。問題所在，可以看看香港回歸中國後的例子。香港大學的比較優質的學生，其收入在回歸後的今天比回歸前下降了約五分之一，但到內地做生意或工作的，他們的收入卻上升了。上升了多少我沒有資料，但好些同學告訴我他們恨不得早就往內地跑。風險當然較大，尤其是說不出普通話是個問題。南北二韓沒有語言不通這個困難，所以我們不能肯定南韓青年的收入在統一後會下降。

資源分配與稅率釐定是關鍵

最後說資源的分配。這裡就比較麻煩了。我賭讀者猜不出麻煩的重點所在。

　　一九九〇年六月，柏林圍牆拆除，東德與西德再統為一國。當時東德貧，西德富，合併後無疑有好幾年的麻煩，但今天的德國是地球上的表表者。然而，目前南北二韓的局面很不相同。雖然南韓的人均收入與工資遠高於北韓，但論及國家的富有，我會把錢押在北韓那邊。這是因為報導說，以土地面積算，北韓是整個亞洲礦藏最豐富的地方。這解釋了為什麼這些年我們見到一個國民收入或工資低下的北韓，卻有錢造那麼多火箭、研發核彈與部署強大的軍備，而人民的住所與基建皆有可觀。

　　這就帶來一個關鍵問題。北韓開放，兩韓互通，南韓掌握着國際貿易的重要關係與訊息，北韓提供廉價優質的勞動力，南韓當然會跑到北方去設廠。雙方都有利，但工業產出北韓要交多少稅呢？如果他們仿傚中國的縣際競爭制度（或任何其他制度），抽百分之十七左右的產品增值稅，大家可以相安而且互相得益。這百分之十七的增值稅（最近下調到百分之十六）中國用了二十多年，經得起國際競爭的考驗，北韓應該考慮仿傚。

　　問題是北韓的礦藏富有。這不僅支持了那麼多年那裡的人民生計，搞了那麼多的基建與民居，現在轉為不再大搞軍備、火箭、核彈了，礦藏的錢要怎樣使用呢？他們大可減少工業的稅收。原則上，因為有礦藏的錢，北韓可以把工業稅率減到近於零！這樣一來，不管是什麼稅制，雙方大事開放，南韓的工業可能因為北韓的稅率奇低而近於全部轉到北韓那邊。風水輪流轉，這樣毀滅了南韓的工業也算是天下奇聞了。

可幸的是，南北二韓統一可以解決上述的問題。為南北二韓的人民生活着想，統一後南方可以容易地說服北方，大家採用相同或相近的稅率，讓北方把研製火箭、核彈與部署軍備的礦藏錢，按人頭發給北韓的勞苦大眾。這樣處理，北韓的人均收入會上升，收窄與南方的差距。雖然因為北方的工資低會吸引南方的工業，但不會有稅率也奇低的雙管齊下的效果，何況我們容易推斷北韓參進國際市場後，他們的勞動工資會上升得快。北韓礦藏多於是成為兩韓統一的關鍵局限了。

中國的經驗可教

當然，南北二韓不統一這兩全其美也有機會出現，但競爭這回事，鬥個你死我活不一定有膚淺經濟學教的好效果。局限不同，選擇有別。合併磋商可能遠為優勝。漠視交易費用往往惹來不可取的淺見。南北二韓統一可以大幅地減低磋商與監管的費用。

二〇〇八年九月，我發表《朝鮮必放說》。提出這個推斷可不單是因為讀到金正日的言論，更重要是本世紀初期，兩次有人問我有沒有興趣到北韓走走，給他們一點意見。今天老了，記不清楚是誰的要求。

我的意見可有可無，但中國開放改革的經驗可教。北韓要派些能幹的到中國來視察，不要只看好的地方或聽好的言論。他們更要重視中國在改革過程中的錯失。最近聽說有人正在把我二〇〇九年出版的《中國的經濟制度》翻為韓語。那很好，為該小書我花了幾年作考查，寫得用心，可以幫一點忙，但總是比不上實地考查那樣來得有說服力。

特朗普的經濟政策怎樣看

(二〇一八年六月十二日發表於《蘋果日報》)

不少朋友認為特朗普是美國歷史上最具爭議性的總統。可能是——美國的媒體說他是歷史上最多人天天在談論的。有趣的是，雖然負面的評價越來越多，民意調查支持他的百分率卻不斷地增加。今天他的支持率還低於百分之五十，但要是今天再投票，我要賭的錢會押在他那邊。美國人以食為天，弄得經濟有好轉的必勝，而特朗普上任年多來，美國的內部經濟好轉得快，在二戰後只有上世紀八十年代的列根可以一比高下。二者相比，我認為列根是稍勝的。

上世紀七十年代是美國經濟的一個災難期，可能比三十年代的經濟大蕭條還要差。那時越戰終結，年輕人反戰、反權威之聲不絕於耳，美鈔回流，通脹上升，尼克遜推出價格管制，美國的債券暴跌，三十年的孳息率上升到近二十厘！最頭疼是這債券的孳息率高企於十厘以上很多年，就是通脹急速回落也如是。當時沒有誰可以解釋為什麼會是這樣，我認識的經濟學大師們解釋不了，不信邪，他們在債券市場上紛紛摃手。

列根與特朗普的政策有相同處

列根總統一九八一年上任，拆除多項管制之外，在無數反對聲中他大手減稅，而且堅持這稅減。一九八三年美國的經濟終於見到起色，該年底美國的經濟增長率升到百分之三強，到一九八四年，國民收入的升幅達美國二戰後最高的百分之六點八五。在國際上美國的經濟雄風主要是從那時開始的，到列根一九八九年卸任後還持續多年，一說是到上世紀末，另一說是到二〇〇七年。

大致上，雖然特朗普不會同意，我認為他是再走列根昔日的路：大事減稅與撤銷多項干預市場運作的管制。這些方面特朗普辦事的速度跟列根差不多，但特氏推出的改革，市場的反應比較快。有前車可鑒可能是今天的反應來得比較快的原因，但我認為主要原因是特氏接手時的美國經濟比列根當年的為佳。

我們要知道美國二〇〇八年出現的金融風暴是

經濟大災難，可幸奧巴馬上任後約七年這些災難算是平息了。我認為主要原因，是美國聯儲局的伯南克（Ben Bernanke）與耶倫（Janet Yellen）這一連兩位的局長做得好，非常好。我跟進了美國聯儲局的操作六十年，沒有見過另一位聯儲局長做得那麼好。我的好友弗里德曼從事了多年的貨幣研究，是對是錯其遺留下來的學問說不得笑——從深度與廣闊度衡量，經濟學的實證研究沒有其他的可以相提並論。伯南克與耶倫是承受了弗老遺留下來的智慧。我們要知道無錨貨幣（fiat money）是深不可測的學問，統計數據多如天上星，變化之大，牽涉問題之廣，外人是無從理解的。我認為弗老不應該把他的百年難得一見的天賦孤注一擲地投到無錨貨幣那邊去，但他是做了。

商人智慧有正負兩面

回頭說特朗普，他處理美國本土的經濟是好的。他委任的部長們一律能幹。我欣賞他以商人的智慧處理問題。舉個例，美國批准藥物的 FDA（食品藥品監督管理局）是極為嚴格的機構，其緩慢審批程序經濟學者罵了數十年。不久前在美國作生物研究的外甥告訴我特朗普說的一句話，我欣賞。特總統説："那個病人肯定要死了，無可救藥，為什麼還要用老鼠試新藥呢？用他試吧。"

是的，特朗普上台後，美國研發醫藥的商業機構變得欣欣向榮，審批藥物的時間估計會減少三分之一，近於比以前快一年。難怪這些日子研發商業藥物機構的股票不斷地上升。

在美國的民主制度下，管制法例容易惹來利益團體無數。尤其是在環保這方面，很麻煩。例如法例容許你怎樣建房子，有人聯手反對可以阻止你很長時日，花上不少法律費用。這類問題在中國是不存在的。我認為假以時日，特朗普會清理這些困難。尤其是，如果在基建、高鐵等項目上美國要大事改進或引進，處理利益團體的左右，特朗普會是上佳人選。

特朗普處理經濟的最大困難，是二〇一七年一月他上任時我寫下的："特朗普總統是一個了不起的商人，他的言論含意着的，是要用做生意的手法處理國際經濟。這是不對的。做生意在市場競爭，圖利要把對手殺下馬來。但國際貿易呢？要賺對方的錢你要讓對方賺你的錢。"

鋼材與黃豆是有趣例子

不幸言中！左翻右覆，轉來轉去，特朗普的政策是要保護美國的行業，讓外人看得天旋地轉。可不是嗎？不久前副總理劉鶴帶隊到美國洽商貿易，獲特朗普親自接見，報導說達成六項共識，不打貿易戰，皆大歡喜。殊不知十多天後，美國卻突然公佈每年要抽五百億美元中國貨百分之二十五的進口關稅。值得安慰的是美國對中國沒有歧視。前些時特朗普說要抽加拿大等幾個國家百分之二十五的鋼材進口稅，跟着又說如果這些國家跟美國聯手對付中國，可免此稅。大家以為此稅也，屬虛招。殊不知是真的，幾天前在電視上見到加拿大那位年輕有為的總理，說準備回敬時差不多要哭出來。

這就是問題。不管被抽鋼材稅的國家會否回敬，此稅也，必會導致美國的汽車等行業的成本上升，對美國何利之有？美國的鋼材工廠鬥人家不過，應該近於奄奄一息，這次受到保護，要設置新機械嗎？要建新廠房嗎？美國總統四年一任，弄好了機械廠房，新任的撤銷這保護，豈不是要傾家蕩產？越想越離奇。我認為真正保護美國工業的，是美國的黃豆。炎黃子孫愛吃豆腐、豉油，美國的黃豆中國是天下第一大買家。北京說你一動我們就大抽黃豆的進口稅。也真巧合，美國種黃豆的農民多是特朗普的支持者。

人才引進可從收支平衡表看

上述提到的國際上的爭議有點搞笑。說不得笑的是那張國際收支平衡表，英語稱 balance of payments，我做學生時必讀，奇怪是今天好些大學不教了。好些國家沒有計算這張平衡表，不需要白紙黑字地寫下來，但實際上不可能沒有。

這平衡表說，一個國家的國際收支不可能不平衡。好比中國的物品進出口有順差，來自外方的投資也往往有順差——稱雙順差——但這些順差帶來的外匯儲備是國際收支平衡表的一個重要項目，屬進口，其後投資於外國的資產是進口了這些不動產的權利了。這裡的關鍵，是中國因為有貿易順差而進口的，主要的是美國的債券。目前中國持有的美國債券約一點二萬億美元，跟日本持有的差不多，不算高，因為這些年中國把持有的債券錢投資到外國去，不少間接或直接地購買美國的資產，而習近平推出的一帶一路也要動用這些債券錢。當然，一帶一路也要賺錢，而進口的是另一些國際收支平衡表中的項目了。

　　因為我這個老人家記得很清楚美國債券在上世紀七十年代出現的災難，擔心北京當局持有美債太多，好些年前對一些朋友說了。為寫這篇文章，我追查中國持有美債量的歷史資料，在兩天內這些資料查得零散，不一定可靠，但整體來說，我認為北京當局處理得不錯。我希望今天中美之間的貿易爭議不會惹來北京大手拋售美債。

　　上期在這裡寫《人才政策》，昨天讀到《華盛頓郵報》一篇文章，說中國花巨資，大事進口科技專才。這些資金應該是源於上述的國際收支平衡表的資本項目。進口人才也是貿易，所以長遠一點看中國是沒有什麼貿易順差的。

　　大家關心的問題，是中國的人民幣早晚要大事推出國際。這項生意中國要做，而特朗普不高興理所當然。一個國家能把自己的貨幣推出國際是一本萬利的生意。二戰前英鎊當道；二戰後輪到美元。今天中國崛起，正如英國一位前首相二〇〇八年在北京奧運時說，中國正在回到歷史上他們原來的位置。有趣的問題是，雖然紙幣在中國古時出現過，但歷史上大部分時間是以金屬為幣。以金屬為幣，只要純度可信，是哪個國家的都不重要。紙幣是另一回事。為此我曾多次建議，北京要先把人民幣下一個穩定的保值的錨才大事推出國際。

看特金會有感

（二〇一八年六月十九日發表於《蘋果日報》）

六月十二日我花了大半天坐在電視前，看一個英語台不斷地報導特朗普與金正恩在新加坡的會面。沒有冷場，而最好看是在結尾時特朗普總統用了長達六十五分鐘的時間回答滿堂記者的提問。看不出有內定的提問者，而特氏氣定神閑，隨意揮灑，措辭誠懇、坦白、有深度，是列根總統以還我見過最好的美國總統接受公開提問的表現了。我們要知道當年的列根是在大場面能應對自如的一個天才。特朗普沒有列根那麼流利，說英語的措辭也差一點，但他的回應到題而又有內容，言之成理，值得欣賞。他也表達着誠懇的一面，讓我相信他說的。

三方共贏的局面

落實特朗普所言，朝、美、中三方都會是大贏家。美、朝雙方簽訂那份協議讓美國的媒體與被訪問的人物認為內容過於簡略，不夠具體。我認為有細節的實質的協議，早就通過習近平、文在寅、特朗普三位主要人物達成共識，這次會議只是為了要在將來的歷史註冊。棄核這回事顯然是有着一些麻煩的程序，要有人監察，美、朝雙方要逐步處理，需要時間。我個人的感受是朝鮮棄核的誠意是可信的。美國的媒體歷來對政治人物有懷疑——這麼重要的協議當然有可疑之處。但我相信金正恩這個人，也相信特朗普的感受。我不同意美方說的，要等到朝方完全處理好棄核之後才解除制裁。我認為制裁應該立刻解除，朝鮮不履行約定的才考慮放回去。

說中國也是大贏家，因為特朗普在回答記者時說會放棄與南韓的聯合軍事演習，也會考慮撤走在韓國駐守的美軍。他提出的理由簡單明確：太貴，就是韓國出一部分錢也太貴。我相信他。這樣，對中國而言，會變成東線無戰事，當然是大吉大利了。其實，說起來，朝鮮棄核對中國的利益比對美國為大。朝、中兩國是比鄰，俄羅斯也是，只是朝鮮離北京甚近。習近平盡力勸導容易理解。

這就帶到諾貝爾和平獎這個話題。這個歷來多受爭議的獎項，為朝鮮棄核頒發是不會有爭議的了。問題是要給誰才對。首選看來是特朗普——在這次特金會之前美國説他會獲該獎的言論甚囂塵上。習近平呢？他從中穿針引線是明確的，可能是最關鍵的人物，可惜外間沒有誰知道他究竟作了些什麼，應該與該獎無緣。但金正恩知道，由他提名習近平會有很大的説服力。文在寅也貢獻不少，理據是如果韓國的前總統還在掌政，朝鮮棄核是不可能的。有趣是問金正恩應否也獲該獎。我認為他也有獲獎的理由：他造核武是被迫而為，要為朝鮮的民眾爭取國際上的尊重與國際市場對朝鮮的開放。要造出核彈才能獲得禮待，是人類對自己的侮辱。讀者可能覺得我這樣説有點無稽，但我年輕時經歷過的情況使我對朝鮮有不容易磨滅的同情心。

思往事可堪回首

一九四五年，二戰終結，我回到香港後再轉到佛山的華英中學附小唸書。雖然當時家境不窮，但家中要讀書的子女不少，而二戰後很少人有多餘錢。當時佛山的華英（今天稱一中）的食宿費遠比香港相宜，母親就把我送到那裡寄宿。那時我九歲。

在華英三年，我凡試必敗，一九四八年被逐出校門。可幸當時小六的班主任是一位姓呂的老師，他不讓我及格時把我帶到校園的一處無人的角落，説我不能升級是因為我想得過於奇特，沒有人懂得怎樣教，但他補充説有朝一日，遇到高人指導在學問上我會走得很遠。

一九四八年回港後我就讀於灣仔書院，成績不好，但奇怪地可以升級。後來升到皇仁書院那間名校，留級一年，第二年再留就被逐出校門了。幾位同學告訴我，這第二年不能升級是因為國文老師不喜歡我。他們説沒有見過中文作文那一定要及格才能升級的主要科只差一分而不及格的。離開皇仁我在父親的商店工作了三年，然後趁訪加拿大洽商生意的機會，決定留在北美求學，以超齡的資格進入了洛杉磯加大讀本科。那時我近二十四歲。七年多後寫好《佃農理論》，再兩年在西雅圖華大升為正教授，一九八二年回港任教職與跟進中國的開放改革。

有兩件跟本文有關的事我記得清楚。其一是韓戰於一九五〇年開始後，約兩年我在佛山華英的幾位舊同學參與該戰爭，傳來的消息皆醉臥沙場，那時這些同學約十六歲。第二件事是我們香港的家在西灣河，在西灣河與筲箕灣之間有一處叫銅利棧，在海之濱，人們喜歡在那裡坐艇出去釣魚。我好玩，喜歡到處跑。在深夜，我在銅利棧兩次見到有人在那裡走私裝貨上船，都是汽油及西藥，據説是朝鮮戰爭所需。有上述的經歷，當在一九八二年回港時知道朝鮮還被制裁，我不管誰對誰錯，只覺得何不近人情之甚也！朝鮮人究竟犯了些什麼罪呢？不久前在電視看到一套美國舊電影，稱《麥克阿瑟傳》，怎樣看朝鮮也無罪。

還制裁朝鮮是無聊之舉

今天上述的制裁還在，你不要問我為什麼。坐牢七十年還能生存的人我賭你一個也數不出來，一個國家被制裁七十年絕對是人類歷史的紀錄。我賭這紀錄永不可破。就算朝鮮人挨得起，制而裁之者不覺得沉悶嗎？有什麼好玩的？不制裁朝鮮，我賭他們不會造出核彈。所以我欣賞特朗普能一筆勾銷，清理這件事。

是的，我認為整件事是人類的恥辱。大家想想吧。金正恩今天只三十多歲，他根本不知道曾經發生過的是些什麼事。天生下來他知道的就是要左躲右避，誰是好人誰是壞人他只能聽他的父親說。從懂事的第一天起他被教的是外間會仇視他，而事實也如是。沒有誰可以對他說他犯了些什麼罪。這樣地成長，他還能管治着二千多萬民眾，造出什麼衛星、導彈、核武，說他能幹沒有疑問，而這裡那裡他殺一些人我們不難明白。

幾個月前金正恩帶着他那美麗而又能歌的太太訪問北京時，習近平跟他的美麗而又能歌的太太款待他們的場面讓我看得感動。應該沒有誰曾經那樣款待過他。我想，習近平一定知道這個青年有過人之能。這次見到他和特朗普在新加坡會面，見到特對金的一舉一動跟習對金的一舉一動雷同，使我想到英雄所見略同這句話。在上述的特氏舉行的記者招待會中，我最欣賞如下特氏的應對。一位記者問他為什麼那樣重視金正恩，特氏想了一陣，彷彿自言自語地回答："他二十六歲就管治一個二千八百萬人口的國家，還能造出火箭、核彈，是不尋常的本領……"，跟着的我記不清楚了。我們不容易聽到一個在地球上舉足輕重的政治人物，高傲剛強的，能説出那樣有真情實感的話。

特、金之會後，美國的媒體稱金為"殺人的獨裁者"。我想，若如是，那是誰之過？把金正恩放在另一個時代，另一個地方，他不會是那樣的一個人。是誰誤導了他？

中美貿易戰的來龍去脈

（二〇一八年六月二十六日發表於《蘋果日報》）

　　十多年前，格林斯潘當美國聯儲主席時，幾次提到中國的廉價物品進口協助美國壓制通貨膨脹，為中國説了不少好話。今天，特朗普總統顯然認為某些中國貨的進口價太低，要抽這些貨的進口税。當年格林斯潘歡迎的是中國製造的日常用品；今天特朗普不歡迎的是中國製造的有相當科技含量的物品。這顯示着特總統擔心的不是中國物品的價格低廉，而是中國威脅着半個世紀以來美國雄視地球的科技發展。

特總統的有趣排列

　　十多年前，中國製造的日常用品滿佈地球，有一本美國出版的書，作者説家中的用品不容易找到沒有"中國製造"這幾個字。今天，這幾個字在美國的家庭用品中漸漸消失，換來的是越南、巴基斯坦等其他國家。有趣地,特朗普今天徵收關稅的選擇是把昔日的落後國家今天的經濟發展的速度排列。

執筆寫此文時,特氏建議第一輪抽的進口稅是中國貨值五百億美元,印度則抽貨值十五億美元。這是特氏對這兩個人口相若的大國的科技產品的排列。炎黃子孫可以站起來:四十年前印度的經濟遠超中國。就是十多年前,說到數碼科技,印度被認為是他們的天賦所在,先進之邦喜歡把數碼工作外派的,以印度為首選。今天從科技含量較高的產品看,特氏的打分是中國勝印度,五比零點一五。當然我是在說笑,但英諺有云:笑話中有真理。

有點奇怪是除了鋼與鋁這兩項金屬產品,歐洲的國家沒有受到中國那樣的歧視待遇。這顯然是因為他們的工資遠比中國、印度等地區為高。選擇性地抽稅是一種歧視行為,自古皆然,有時是歧視富有,有時是歧視窮人,但特總統可沒有作這種歧視。他不是歧視產出成本比美國低的物品,而是從商業的角度看,歧視某些對美國的科技產品有威脅的競爭者。

中國優勢的起源

歸根究底地追尋，我認為今天中國具有的國際產出競爭力的優勢是源於上世紀六、七十年代出現的文化大革命。這個不幸的災難性史實，炎黃子孫付出了驚人的代價，總算帶來了兩方面今天見到的收益。其一是該革命弄得妻離子散，人民被調來調去，到今天中國再沒有什麼南方與北方分歧的問題。二戰時我母親帶着幾個孩子在廣西逃難，兩條相鄰的小村可以語音不同，不論婚嫁。南方稱北方人為外江佬，彷彿他們是來自另一個星球。今天，到深圳走走，你不僅會發現那裡沒有深圳人，基本上沒有誰管你是來自何方。這對經濟發展當然大有好處。

其次是在文革期間，教育那方面，除了政治課，大學教育可以安全地選擇的基本上只有數學和工科。某程度上，這傳統今天還在。效果有幾方面。其一是可以處理數學微積分的中學生中國比美國遠為普及。長大後稱得上是數學家的當然不多見，但見到方程式沒有恐懼感的青年甚眾。這對跟半導體有關的商業發展提供了重要的支持。其二是懂得一點工程操作的人也甚眾。在沒有工會約束的環境下，從事建築行業的人一般懂得幾方面，不像西方那樣分門別類，河水不許犯井水。結果是懂得設計機電的人才無數，而從基建工程到樓房建築，中國造得好而快。

工資的排列

在上述的發展中江澤民做了一件很對的事：他在九十年代後期大事推廣大學教育。結果是，從本世紀初的每年約一百萬大學畢業生升至今年的八百二十萬。超越了美國，雖然從人口的百分率看還是遠低於美國的。然而，從總人口算，中國內地大學畢業生的百分比超過香港的一倍算是有看頭了。

我的大約估計，一個大學畢業生的起點工資，今天中國內地的約香港的一半，比一九九六年只有四分之一追近了不少。另一方面，工作能力比較優秀的大學畢業生，起步後其工資上升的速度內地遠比香港快。

另一項有關的重要數據，是製造廠的工資比較。我選東莞的工廠為例，化作美元，跟美國的工廠相比，包括社保、食宿，一個工人的最低市值工資——不是法定的——約美國的三分之一。這些是有實據的數字。聽回來的，是中國工廠工人的最低市值工資，約高於印度的一倍，越南的兩倍，非洲的三倍。

上述的數字，顯示在國際競爭下，中國今天是站在一個相當舒適的位置。美國大抽中國產品的進口稅，不管怎樣慎重地選擇，不會對中國有大害。中國當然會受損，但美國的消費者要買貴貨，而被抽的可能是美國投資到中國的稅。關稅通常不穩定，何況美國總統四年一任，暫時性的保護不會鼓勵建設新廠的投資。

背道而行的角力

要維護一項工業的發展而設立進口稅是另一回事。這後者沒有多少經濟學者會贊同，但北京是明顯地這樣做。可幸這些年他們懂得把這保護關稅逐步下調，下調了不少。從習近平先生的言論闡釋，他是希望中國的進口稅減到零。怕什麼呢？香港的關稅歷來是零，而在無數難民湧進的艱難的上世紀七十年代，香港的工業發展得非常好。今天的香港沒有土地發展工業，早就把工業推到內地去。楊懷康說撤銷所有關稅與外匯管制是"王道"。昔日香港走的是王道，贏得東方之珠這個稱呼。要是習先生終於走成此道，中國不是成為世界之珠嗎？

發展到今天，中國的經濟實力大約是上世紀七十年代的二百個香港。從消費那方面衡量，中國本土的市場非常大，本身有足夠的實力獲取工業產出的比較優勢定律的好處。經濟學鼻祖斯密有一句名言：專業產出的程度是由市場的廣闊度約束着的。這方面，中國今天本土市場的廣闊度足以鼓勵斯前輩高舉的專業產出帶來的利益。

面對特總統抽中國貨的進口稅，中國可以置之不理，何況北京正在推出一帶一路這個理念來打通世界市場。事實上，正如我在另一篇文章提及，特總統對中國沒有歧視——他的保護政策對他的友好之邦是一視同仁的。北京選擇以同量進口稅作回敬，希望有阻嚇對方之效，難以厚非。然而，從經濟利益看，不回敬，甚至減美國貨的進口稅，利益更大。至於其他友好之邦，在習近平主張的開放政策下，中國大可藉這次難得一遇的機會，建議大家一起推出零關稅。

二、楓葉落紛紛

代序：經濟學為何失敗？

二〇一六年四月

　　物理學家牛頓的巨著發表於一六八七年。今天的物理學超越了牛頓所知的多倍。可不是嗎？我們可以把火箭飛到火星去——這是牛頓當年無法想像的。

　　經濟學家斯密的《國富論》發表於一七七六年。今天的經濟學沒有一件作品可以比得上二百四十年前的斯密之作，雖然我認為自己的《經濟解釋》可以相提並論。這樣高舉自己，因為我填補了斯密當年的一個缺失：他從人類自私的角度推出國富的道理，但忽略了人類的自私可以毀滅自己。我的填補方法是引進制度或交易費用，推出無數可以驗證的假說。但整體來說，與物理及其他自然科學的發展相比，經濟學是非常失敗的。

　　經濟學出現了災難性的失敗，有四個原因。其一是自然科學的發展需要有實驗或化驗室的操作與支持，但經濟學者一般是坐在辦公室內猜測外面的世界是發生着些什麼事。真實世界是經濟學的唯一可靠的實驗室——不是什麼政府報告，不是什麼統計數字，而是真實世界的現象。可惜這真實世界經濟學者一般懶得管。作為一門需要驗證的科學，經濟學者怎可以不到實驗室那裡多作觀察呢？

其二是沒有經過驗證的理論或假說，惹來無數無從觀察的古怪術語，卻奇怪地被好些人接受了。我們知道，就自然科學而言，無論一個理論怎樣精彩，沒有經過事實的驗證與支持，是不可能獲得諾貝爾獎的。但經濟學我們沒有聽過諾貝爾獎有假說或理論驗證的要求。這不是有點莫名其妙嗎？

其三，自然科學的性質在基礎上與經濟學有很大的分別，但經濟學者老是以為二者雷同。好比均衡這一概念，物理學說的是一個可以觀察到的現象，但經濟學的均衡只是一個概念，絕非事實，用作衡量有沒有可以驗證的假說的存在。如此一來，無從觀察的術語在近代的經濟學發展中到處都是。看不到則驗不着，但驗不着的說故事卻被認為是驗證了。蠢到死！

其四，自然科學的理論多而複雜，經濟學者也跟着把他們的理論搞得多而複雜起來了。真是一齣

80

悲劇！

嚴格來說，經濟理論的整體只有一條需求定律，廣泛地闡釋，沒有其他。個人爭取利益極大化是沿着該曲線走，邊際用值對着鏡子看就是邊際成本，把消費物品作為生產要素看，該向右下傾斜的需求曲線就是邊際產量下降定律。無論多人合作的產出如何複雜，化為件工看，每個人還是有着那樣的一條向右下傾斜的曲線，也即是每個人對某物品的需求定律了。這曲線對着鏡子看就變為供給曲線。

複雜的變化，主要是源於我們的社會多過一個人存在。這樣看，同一物品或生產要素，個別的需求曲線會有很多條。競爭於是出現，而競爭需要有決定勝負的準則。權利有了界定的準則是價高者得。改變了權利界定的制度，這競爭的準則會跟着變。有關的分析會變得複雜起來，但基本的原理還是那樣簡單的一條需求定律。

複雜的變化當然不容易處理。其中最大的麻煩是在社會中，我們有交易或制度費用的存在。這些費用要怎樣放進一個以需求定律為基礎的框框之內，可以是大麻煩。為此，我思考了四十多年，大致上是想通了怎樣處理。

　　我不認為李俊慧同學這本書會帶同學們走進那近於深不可測的牽涉到交易或社會費用的分析，但應該可以給同學們一個起碼的基礎。是為序。

為韋子序

二〇一六年八月二十七日

　　同學韋子剛今天八十歲了。我也是，且比他年長五個多月。一九四九年他是我的同班同學，那是六十七年前。像韋子和我這一代的人，經歷過中日之戰與國共之爭的，回顧已往，感慨千萬，不可能沒有好些話要說，也應該說一些吧。

　　不久前，一本美國的經濟學報見我走進了生命的黃昏，要以一整期跟我打個招呼。我為該學報寫了一篇學術自傳，讀者無不感嘆。

　　想當年，韋子的本領比我高得多了：他是同學中最優秀的一個，而我則近於最劣等。後來我有長進，在外地讀書考試斬瓜切菜，如入無人之境。從韋子這本作品衡量，他的才華早就明確，而我要到二十四歲才有機會讀大學。

　　一九四五年日軍投降，我九歲，進入了佛山的華英附小。三年讀書不成，被逐出校門，一九四八年回到自己出生的香港，進入灣仔書院讀最低的第八班（第一班當時最高）。成績不好，要留級，但留級沒有位，要升級。於是，一九四九年升到第七班，認識同學韋子剛。班主任（即主導老師）是一位姓羅的小姐，長得好看，英語流利，衣着合時，而更重要是她教得好。很多年後我聽到羅老師不是普通人馬，可惜沒有機會再見到她。

我是糊裡糊塗地八、七、六、五地升到今天大名鼎鼎的位於銅鑼灣的皇仁書院的，可能又是因為留級沒有座位吧。學校剛改制，數字倒轉，一九五二年進入皇仁是第三班，要是再升就是四、五、六、七了。我沒有再升，留級一年後因為中文作文不及格，再被逐出校門。

韋子當年以才藝知名。他是一九五二年跟我一起進入皇仁的。一九五四年分手，二十八年後我回港任教職，再見到他。一九八四年初我帶着一群學生在香港街頭賣桔，獲得的資料讓我推翻了經濟學傳統的價格分歧理論，發表了今天看有機會歷久傳世的《賣桔者言》，而提供一盆一盆桔子的朋友是韋子剛。

寫韋子，我想到上世紀四十年代後期的灣仔書院。那時是二戰後，電影院上映的要不是《原子飛天俠》就是《銅錘俠大戰鐵甲人》。晚上的街頭有賭棋的，有看掌相的（稱照田雞），有賣小食的。搵食艱難，但一律自由。同學們的年歲參差不齊，三教九流，有黑幫分子，而考試題目可以預先在黑色市場購買！混亂嗎？那當然。然而，老師們一般教得用心，也教得好。當年的課程沒有多少政府管核，老師要教什麼大可自由。教出來的學生跟今天的很不一樣。

還有幾個因素促使當年的同學長大後皆有所成。其一，我們是戰亂饑荒餓不死，日軍刀槍殺不掉的一群，練出臨危不亂的本領。所謂適者生存也。其二，當年的香港百廢待興，大家看到機會，懂得拼搏。其三，我們的遊戲或玩意是自己的發明，培養出創意與推理能力。好比我這個因為中文作文不及格而被逐出校門的人，一九八三年試用中文發表文章，只幾個星期就寫出專業水平了。比不上韋子，但比上雖然不足，比下卻有餘，餘很多。今天香港的學子下筆非文，令人尷尬。

韋子剛這本書提供着重要的示範，好叫今天的同學要躲起來勤修苦練了。韋子能文、能詩、能詞，也能篆刻。堪稱多才多藝，揮灑自如。當年的另一位同學江潤祥，在香港中文大學任教授時能用文言文寫一整本書！我不能，但恐怕沒有誰敢跟我賭一手。

往事依稀，但看得清楚是韋子剛和我那一代的才華，無從掩飾，多麼可怕！

為小魚序

二〇一八年一月三日

跟其他自然科學一樣，經濟學是一門有公理性的實證科學。既然是公理性，經濟學既可以事前作推斷，也可以事後作解釋。經濟學的公理只有三項：一、需求定律——即是價格下降需求量一定上升；二、成本是最高的代價；三、在社會凡有稀缺必有競爭，而競爭要有決定勝負的準則。嚴格地說，經濟學的整體就是那麼多，簡單而又正確地申述用不着十分鐘。有趣的是，今天能掌握這三項公理的經濟學者鳳毛麟角，好些西方的大學索性不教了。

想當年，我學得很苦。沒有任何其他學子曾經像我當年那樣，獲得多位大師的悉心教誨，而二十世紀下半部的經濟學大師我差不多全都認識。有這樣的際遇，我還是要在升為大教授之後苦思幾十年才能對上述的三個公理基礎感到有舒適的掌握。

　　這就帶到一個有趣的問題：經濟學是否一定要在大學選修過呢？奇怪的答案是不一定！經濟學鼻祖斯密就沒有在大學修過經濟，無師自通，他對上述的三項公理掌握得好！跟着的天才如李嘉圖、密爾、馬克思等高人也稱不上是選修過經濟學。近代的經濟學大師中，我歷來拜服的戴維德只有一個不是經濟學的學士。科斯只讀過一個商學的學士，而他的主要導師阿諾德‧普蘭特怎樣看也算不上是經濟學高人。我自己的主要導師阿爾欽雖然出自名校斯坦福，但他的幾位導師，今天看，一律少見經傳。

　　由大學主理的經濟學課程是什麼時候開始的呢？雖然在新古典之前歐洲某些大學有教經濟學，但正規的"專業"大學課是起自一八九〇年英國劍橋的馬歇爾出版了他的《經濟學原理》。那是一部偉大的巨著，有系統而且很全面。雖然馬氏對經濟學理念的掌握遜於密爾，但他推出的經濟學的整個架構來得那麼完整，理論的天賦來得那麼明確，一時間他的巨著就成為大學教材的中流砥柱。另一方面，馬氏重視解釋現象與假說驗證，雖然從我這一輩達到的水平看，馬氏的驗證操作不到家。

　　馬歇爾是新古典經濟學的中心人物，而在同期有幾位新古典大師的天賦不遜於他。加起來約一掌之數，他們把新古典經濟學搞起來。所謂"新古典"，主要是引進數學微積分的邊際分析，從而把競爭與個人爭取利益極大化提供了一個有均衡點的理論。可惜這均衡理念後來誤入歧途，跟物理學的均衡掛上了鈎，導致另一方面的災難。大部分的經濟學者到今天還不知道，經濟學的均衡不是真有其事，而是指一個分析有了足夠局限條件的指定，可以推出足以驗證的假說。

在經濟學中，牽涉到均衡分析的數學對推斷或解釋現象是有幫助的，但絕不湛深。深奧的是局限條件的引進、驗證假說的推理與現象細節的考查。漠視這些而把數學方程式弄得複雜高深，可以協助發表學術文章，或升職，甚或獲取諾貝爾獎，但不能協助我們知道真實世界究竟發生着些什麼事。這解釋了為什麼像戴維德、科斯、阿爾欽、德姆塞茨等人基本上不用數，而他們在經濟學的貢獻是遠超方程式寫得密密麻麻的那一群。

這就帶到另一個關鍵問題。要以經濟理論解釋世事，我們首先要知道真實世界是怎樣的一回事。自然科學——如物理、生物、化學——有他們的實驗室。經濟學呢？實驗室是我們日常生活的世界。

不要相信這些年興起的以人工炮製出來的"行為"實驗室那類經濟學。要以經濟理論解釋世事,我們首先要知道真實世界是發生着些什麼事。

從經濟科學的角度看,我們每個人每天都在觀察這門科學的實驗效果。問題只是觀察的人一般沒有試圖解釋,或沒有想到經濟學那邊去。實情是,任何人類的行為,或任何人類行為帶來的效果,皆可用我在前文提到的三個經濟學公理作推斷或解釋。

這就帶到我在這裡為之寫序言的江小魚這本書。據我所知,在大學時小魚選修的不是經濟學,但這些年他喜歡讀我寫的那套《經濟解釋》。不易讀,但他讀了幾遍。小魚對世事的觀察多而雜,一般有趣,而他是用上《經濟解釋》的基礎思維,試作解釋。解釋得對嗎?我可沒有細心地衡量過。然而,經濟解釋這回事,初學的人用不着多管是對還是錯。重點是嘗試,而在解釋的過程中從事者最好是朝着有趣的方向走。

科斯曾經幾番對我說,我們今天認為是對的理論,到了明天有很大機會會被認為是錯。是的,就是施蒂格勒認為是二十世紀最重要的經濟學思維——科斯定律——一九八二年我指出在基礎的重點上是錯了：沒有交易費用不會有市場，所以他的定律可以說是全軍盡墨！然而，科斯定律可沒有因為它的大錯而成為廢物。正相反，因為科斯的錯我終於成功地解釋了為什麼會有市場。我要用上二十多年的時間才想出為什麼會有市場的正確解釋。

二〇〇八年，在芝加哥，我那個拿得兩個博士名頭的兒子問科斯，說自己作生物研究，很苦悶，不知自己將來會發展為怎麼樣的一個研究者。科斯回答，說："不要管這個問題。你不斷地走下去，說不定會一腳踏中重要的貢獻，我的一生就踏中過兩次！"

我自己就是這樣的在經濟學問上行來行去五十多年。比科斯幸運，我踏中過多次。沒有科斯那麼幸運，我踏中的沒有他的那麼重要。說不定，有朝一日，我的多次踏中加起來會比科斯的兩次加起來重要。這是將來寫經濟思想史的學者的判斷了。

江小魚這本書顯示着他也正在行來行去。繼續下去他也有一腳踏中的機會。是有趣的嘗試，繼續下去會有不枉此生之感。是成是敗是另一回事。

從生物的起源與演進說今天基因工程的爭議——覆兩位教授

二〇一八年十二月十日

既然你們論及，讓我簡略地說一下我知道的關於生物的起源與人類的發展，分點如下：

（一）生物的起源一定要有氨基酸。多年前一位科學家證實，有海水加上行雷閃電，氨基酸會在海水中出現。此君為此獲諾貝爾獎。

（二）第一個生物細胞在海水中出現的難度，當年一位專家教授對我說，等於用一萬塊磚頭拋上天，掉下來剛好砌成一間屋。近於不可能，但機會不是零，而地球有數十億年的時間，不斷地嘗試。

（三）只要有一個生物細胞出現，而這個細胞可以繁殖，跟着經過不知多少個億年的基因轉變（mutation），不同的生物就出現了。

（四）適者生存不是達爾文說的意思，而是基因的轉變令不適應環境的基因遭淘汰。最清晰的例子是長頸鹿，本來有長頸與短頸的基因，但因為短頸的吃不到樹上的葉，遭淘汰，短頸的基因再不存在。換言之，適者生存要從基因的轉變看。

（五）"人"的定義，是地球上唯一可以站起來用兩隻腳在地上行走的哺乳動物，pithecanthropus erectus 是也。

（六）猩猩不能用兩腳行走，但我不懷疑人類源自猩猩。猩猩的智慧高，懂得計算，雖然遠不及人類。這跟《聖經》之說有別，但不是說沒有上帝這回事。對宇宙的神秘有點認識的學者，不少相信有上帝的存在。

（七）人類出現的歷史只有幾萬年，在宇宙的時間表上只是一剎那。所有生物，從宇宙的時間看，其存在都是一剎那，只是有些生物存在得較為長久。人類將會滅絕是早晚的問題，這是生物的宇宙規律。這裡的關鍵是人類的腦子冠於所有生物，會否因而出現一個永不滅絕的情況不得而知，也可能有朝一日，人類因為腦子了得，用今天大吵大鬧的基因研究而把自己改變，成為另一種非人的人，我不知道，但我肯定地認為，人類可能因為自己的智商奇高，武器發達，互相殘殺而毀滅人類自己。

（八）人類腦子想出來的醫療長進，導致人類的壽命增加不止三十年，但這腦子發明的武器，卻在毀滅人類。在所有生物中，只有人類出現着這兩方面的矛盾。這是我在《經濟解釋》寫自私那一章轉向悲觀的原因。

（九）有智慧的人類（*Homo Sapiens*）有不少不同種族，其智商的高下不同，正如不同種類的犬的智商有很大的差別。昔日發明半導體的一位大師說，亞洲的孩子天生最聰明，非洲的黑人最蠢。這些話當然給外人罵個半死，但可能對。

（十）我認為人類的腦子有三種功能。其一是記憶力，其二是想象力，其三是推理力。愛因斯坦說最重要的是想象力。這方面，從中國歷代詩人的作品看，炎黃子孫這個民族的想象力可能冠於人類。可惜中國人的推理能力是太差勁了！我認為中國人的推理能力弱不是天生的，而是傳統的禮教、學而優則仕與今天還不幸地存在的所謂思想教育使然。

（十一）我同意不同種族的人類的智商有別，也同意智商的高下有很大的遺傳因素，但不認為家境較好或學識較高的家庭的孩子，同種族的，比較聰明。十多年前我跟進過中國的農家的窮孩子，認為他們的先天智商跟有識之士的沒有分別。

（十二）從多種出土文物中，我非常欣賞炎黃子孫在春秋戰國時期的智慧，但認為不一定比得上小小的在工業革命時期的英國。然而，客觀地看，沒有中國在上古時期的金屬變化的發明，英國很可能不會有什麼工業革命。當時的英國，在經濟學上出現了斯密、李嘉圖、米爾；文學出現了莎士比亞、狄更斯；物理出現了牛頓；生物出現了達爾文；藝術出現了脫爾諾……。中國的人口比英國的多出無數倍，竟然沒有出現過一個這個水平的大師！是的，像李白、蘇東坡等人的天賦無疑蓋世，但從作品的斤兩衡量，我們確實是輸了。有點不服氣，我花了十八年時間寫下五卷本的《經濟解釋》，自覺可把斯密比下去，可惜日暮黃昏，是成是敗我不會見到。

（十三）我可以肯定，在科學的造詣上，中國遠不及西方的表表者，不是基因或種族的問題，而是制度與教條等危害的效果。證據是只我們一家就出現了三個——我的外甥、兒子與我——雖然稱不上是什麼歷史可載的高人，但機會不是零。我自己知道自己在學問上的位置，外甥知道他的位置，兒子也知道他的位置。這類判斷外人不容易，但從事者達到某層面自己會知道。我可以只聽一個經濟學家說幾句話就知道他是站在哪個位置；我的外甥聽他人說細胞，我的兒子聽他人說白血病，也立刻知道這個人站在哪個位置。

（十四）今天大吵大鬧的基因工程有機會改變人類，信奉基督教的人不會贊同，因為《聖經》的一個闡釋，是上帝造人有專利權。問題是，闡釋《聖經》，我們也可以說，既然改變人類的人類是上帝造出來的，那麼因為基因的改變而出現的怪人也是上帝的主意。我自己出生不到一個月就成為基督徒。今天我欣賞基督教，喜歡聖誕歌，童年時聖誕是我最喜歡的節日，可惜我曾經認識的一些人，因為信教過度而出現了問題。另一方面，宇宙與生物的存在是深不可測的學問，人類的天才只可以猜測，說是理解一切是狂妄的想法。我自己希望能久不久到教堂安息一下，但今天的教堂改變了，再沒有昔日的安息感。

從華為事件想到的

二〇一八年十二月十六日

最近發生的華為事件使我心境難平。不僅我這樣，朋友之間也這樣。從西方的輿論讀到的，有如下幾點：

一、華為賣給伊朗的產品中，有美國的零件在內，是以為罪。這樣的罪名在美國本土之外從來沒有出現過。西方也有人指出，如果從外間輸進伊朗的產品，有美國製造的成分在內是罪，無數國家也犯了這個罪。

二、小題大做。加拿大政府早就知道，為什麼不跟中國的駐加領事打個招呼，讓小事化無？要是什麼嚴重的罪行當作別論。

三、中國人買起加國的物業，增加該國不少稅收，也是該國的農產品與原料的大客戶，為什麼因為一些無足輕重的瑣事而弄得這麼糟？看來加國的政客的智商有點問題。

四、輿論說，美國這樣做，是為了協助美國與中國快將舉行的貿易談判。但我想不到在哪方面可以協助，何況北京歷來是吃軟不吃硬的。

五、整件事的唯一獲益者，應該是華為。一般的言論，對華為的產品評價實在好。我們不容易想象有更震撼的免費好廣告。有說美國要打垮華為，可能是，但這次看來有反效果。

六、孟晚舟女士的表現從容得體，很多朋友都這樣說。因為這件事的發生，我參閱了一些關於任正非發展華為的故事，知道他處理的研發與製造的行業難度極高，打進國際非常複雜。他竟然能做得那麼好，是異數。

七、城門失火，殃及池魚。這個事件的主要受害者應該是蘋果，因為不少使用蘋果手機的炎黃子孫轉用華為。

八、據說美國還沒有交出華為的罪證，若如是，加國把孟女士釋放，說聲對不起，不是很恰當嗎？

任正非是今天的哈代嗎？

二〇一九年一月二十二日

　　歷來少見媒體的任正非先生，最近連續兩次見了。他説得好，我徘徊於他説的字裡行間，若有所悟，對一位同學説，任正非是二十一世紀的哈代。經過解釋後，這位同學同意我説的。

　　哈代（Godfrey Harold Hardy, 1877-1947）何許人也？他是英國劍橋的數學大師，著作等身，是中國數學家華羅庚的老師。最為重要的貢獻，是他發掘了印度的年輕數學天才拉馬努金（Ramanujan）。拉馬努金是人類歷史上最偉大的數學天才，沒有讀過什麼書，自修學數，1914年寄了一些數學文稿給哈代，哈代驚為天人，力排眾議，把拉馬努金邀請到劍橋去。這個近於神話式的故事今天拍成了一部很好的電影。

　　説任正非給我的印象是哈代，是源於上世紀三十年代，哈代寫了一本很小的算是自傳類的書，題為《一個數學家的自白》(*A Mathematician's Apology*)。在該書的開頭哈代說了一段話很有名，常被引用。雖然他的英文是好的，但因為哲理湛深，不易懂，我在這裡先附錄他的英語原文，然後再翻為中文給讀者吧：

It is a melancholy experience for a professional mathematician to find himself writing about mathematics. The function of a mathematician is to do something, to prove new theorems, to add to mathematics, and not to talk about what he or other mathematicians have done. Statesmen despise publicists, painters despise art-critics, and physiologists, physicists, or mathematicians have usually similar feelings; there is no scorn more profound, or on the whole more justifiable, than that of the men who make for the men who explain. Exposition, criticism, appreciation, is work for second-rate minds.

翻譯過來的大意是：

"一個職業數學家寫關於數學的事是悲哀的。數學家的本分是做點什麼，創出一些新的公理，替數學增加一點，而不是談論自己或其它數學家做了些什麼。政治人物鄙視評論政治的人，畫家鄙視藝術評論者，生理學家、物理學家，或數學家通常都有類似的感受。沒有任何嘲笑，能比創作者對解釋者的嘲笑來得深奧，或在整體上更為合理。闡釋、批評、欣賞，都是只有二等腦子的人的工作。"

哈代是說作為數學家，他只是要在數學上作出一點貢獻，批評或讚賞的人很有點無聊，屬只有二等腦子的人的工作。為什麼我想到任正非那邊去呢？因為在媒體的訪問中，他說得清楚："華為不是上市公司，我們不需要漂亮的財報。如果他們不想讓華為進入某些市場，我們可以縮小規模。只要我們能生存下去，養活我們的員工，我們就有未來。"

大家知道，作為一個舉足輕重的企業家，任先生曾經被人拍攝到排隊輪候的士、坐地鐵，對物質的享受沒有多少興趣。不同的是，哈代從事數學研究只需要一支筆及一些紙張，但任先生從事華為那種行業的研發需要賺不少錢才有可為。華為去年的研發開支高逾人民幣一千億，擁有八萬七千多個授權專利。行業不同，資金的需要有別。但賺錢永遠是那麼困難，何況華為參與的行業不像房地產那樣可以憑有利的時間與地點而賺得需要的資金。無可置疑，今天的華為是一個現象。

我自己從事的經濟學研究需要的資金微不足道，但要比哈代只需要一支筆一些紙的金錢成本多一點。在美國時我幾番獲得那裡的國家研究基金的資助，但今天回顧其實用不着那麼多。從一九八二年回到香港任教職到今天，我把稿酬與出書獲得的版稅全部給予協助我找尋資料及整理文稿的朋友，足夠。華為需要的研究資金是天文數字。然而，歸根究底，哈代為的只是要做出一些什麼，我為的只是要做出一些什麼，任正非為的也只是要做出一些什麼。借用王羲之的話，其致一也。

是不容易明白的行為。我要等到自己退休的二〇〇〇年才開始動筆寫我在一九七〇年就決定要寫的《經濟解釋》，因為我要累積關於真實世界的現象。我歷來認為最愚蠢的經濟學者，是那些試行解釋從來沒有發生過的事。我等到二〇〇〇年六十五歲才動筆，是最後的時間了。當時我可沒有想到，一次又一次的修改，我要花上十九年。快要在中信出版的《經濟解釋》的新版，分五卷，應該是最後的了。記得有人說過，一件藝術作品是永遠沒有被完成的，只是被遺棄了。快將出版的五卷《經濟解釋》算是被遺棄了吧。我恐怕再改下去會改差了。

一些朋友把自己的大作一版一版地改下去，最後是改差了的。

我自己日暮黃昏，但任正非只七十四歲，來日方長。我希望任先生不要管他人怎樣說，因為哈代說得清楚，"沒有任何嘲笑，能比創作者對解釋者的嘲笑來得深奧，或在整體上更為合理。闡釋、批評、欣賞，都是只有二等腦子的人的工作。"

說起來，任先生可能比我晚一輩。我是這樣算的。哈代的後一輩是他的學生華羅庚，後者與陳省身同輩。陳省身的後一輩是丘成桐。後者今天七十，與任先生應該是同輩。經濟學家中與哈代同輩的我想到弗里德曼的老師奈特（Frank Knight, 1885-1972）與科斯的老師普蘭特（Arnold Plant, 1898-1978）。雖然弗里德曼與科斯比我年長二十多歲，我和他們應該是同輩。這是因為雖然我二十四歲才進入大學讀本科一年級，但三十二歲寫好《佃農理論》後，弗里德曼、科斯、斯蒂格勒、阿羅、約翰遜、諾斯等人喜歡跟我平起平坐地研討。我曾經說過，我是有機會跟二十世紀多位經濟大師交往的最後一個人。經濟學者長壽，無端端地把我的輩分抬高了！

三、余亦能高詠

中國的經濟困難要怎樣處理才對？

（本文是二○一六年一月十六日我在廣州中山大學同學會講中國經濟困難三個話題的第一個的文稿。）

　　各位同學：幾年前我的太太在英文網上見到"史提芬‧張的需求曲線"一詞。需求曲線可不是我的發明，怎會帶到我這邊來呢？追查一下，知道他們提到的是一九七一年我發明的一幅幾何圖表，被兩位當年的同事放進他們出版的課本上，跟着傳了開來。這圖表我在自己的中語文章中有提及，數十年來只是夢裡依稀。這次見該圖在西方成為經典，自己好奇地再畫出來。那大概是四年前的事了。

　　是很簡單的一幅圖表，顯示着有甲、乙二人，各有各的向右下傾斜的需求曲線。記得一九七一年提出該圖表時，我說甲的需求曲線對着鏡子看就是他的供應（內地稱供給）曲線。當年我可沒有把這供應曲線畫出來，可能因為過於明顯，懶得畫。三年前為了再向一些同學解釋,我索性把那對着鏡子看的供應曲線放進那甲、乙二人的需求曲線的圖表中。今天的同學可在最新的《經濟解釋》卷一第九章與卷四第八章見到該圖表。

這裡我要順便教同學們一件重要的瑣事。搞思想創作,有時多走一小步會有重要的突破!當年我懶得畫那對着鏡子看的供應曲線,這次畫了出來,多了一些均衡點在眼前跳動,我立刻意識到:一個人——任何人——供應任何物品,其目的只是為了需求其他物品,不供應則沒有條件需求。我跟着想到:這不就是大名鼎鼎的"薩伊定律"嗎?為什麼薩伊說供應會創造自己的需求呢?

我立刻掛個電話給才子張滔,問他何謂薩伊定律(關於前人的理論我歷來喜歡問他,因為他是一本會走動的百科全書)。他說薩伊定律有四個不同版本,問我要聽哪一個。我叫他從最簡單的說起。他於是先說多年前他的老師 Lionel Robbins 在倫敦經濟學院教他的那個,只說了兩句我叫他不要再說,因為我不要再聽其他的!我歷來敬仰 Robbins 的經濟學水平,而只聽兩句他的薩伊版本也是說供應是為了需求。天下的經濟學者中蠢才無數,我不要受到其他的干擾。

有了 Robbins 的支持，我繼續想自己的薩伊定律，靈機數轉，我得到兩個重要的突破。其一不用多想：我的需求曲線是用上斯密提出的用值理念，不用邊沁提出的功用或效用這些自欺欺人的無聊玩意。一個人的需求曲線代表着的是這個人對某物品的最高邊際用值，對着鏡子看就變作這個人的最高邊際代價曲線了。代價是成本，這邊際成本曲線就是他的供應曲線！

第二個突破更重要，想得出需要有點真功夫。那是如果牽涉到生產活動，而這些活動又牽涉到一些複雜無比的多人合作的情況，我一律從件工合約的角度看問題。這是說，任何人的任何產出活動，不管怎樣複雜，原則上可以化為一小點一小點的產出貢獻算價，所以有產出的活動，不管用上怎麼樣的合約安排，皆可以通過件工而簡化為物品換物品（或甲的時間換乙的物品）的角度看。

通過上述的兩項闡釋，薩伊定律永遠對：一個人供應是為了需求——沒有供應的需求只能靠外人施捨了。

這就帶到一個老生常談的話題：傳統上，薩伊定律被認為是錯的主要原因，是市民可以有貯藏（hoarding）的行為。賺取到的錢藏而不用，等於

111

供應之後不需求，豈不是把薩伊的定律廢了？這一要點，我認為是在上世紀三十年代的經濟大蕭條的影響下，凱恩斯學派否決了薩伊定律的原因。但薩伊真的是錯了嗎？還是凱恩斯錯呢？

早在一九六二年，作研究生時我跟同學與老師有爭議：當年讀凱恩斯的《通論》我讀不懂，認為在邏輯上凱大師一定有錯，但同學與老師卻認為凱氏只是過於湛深。我要到一九六八年才與科斯達到如下的共識：儘管我們的智力不超凡，但我們連讀也讀不懂的，不管是何方神聖，一定有錯。

當年讀《通論》，我認為凱氏對經濟理論的基礎掌握得不到家，而更大的困擾是凱氏的《通論》與費雪的《利息理論》在一個重要的概念上有着一個很大的分離，老師們怎樣解釋我也不同意。費雪之見，是投資與儲蓄永遠是同一回事，只是角度不同。凱恩斯之見，是投資是注入，儲蓄是漏失，從"意圖"的角度看二者只在均衡點上相等。明顯地，在凱氏的理論構思下，薩伊的定律，遇上貯藏的行為，是嚴重的漏失，所以該定律被認為是錯。

我要到若干年後下筆寫《經濟解釋》時，才拿起刀來，痛快地把凱恩斯學派斬了一刀。我問：天下何來貯藏而不用的行為了？我把一箱鈔票放在床下底，因而睡得安心一點，不是用着這些鈔票嗎？昔日二戰逃難時，好些父母喜歡把一些小金塊紮在孩子的腰上，作為保命的不時之需，那不是用着那些金塊嗎？購買土地但不耕不建，購買收藏品貯藏而不看，等等，當然是投資，也是儲蓄，怎可以說是漏失了？經濟學者的一般困難是他們的觀察力弱，加上想像力乏善足陳，以致對人類行為的闡釋頻頻失誤。好些投資活動是不事生產的。社會經濟有什麼風吹草動，市民的投資選擇會變。投資者僱用人手的或多或少會看着時勢作取捨。

無可置疑，人類進入了工商業時代，同樣金額的投資，對國民收入的貢獻可以有很大的差距。那些所謂宏觀模式一律胡說八道。讓我們回到斯密寫《國富論》時用上的智慧來看中國今天遇上的困難吧。大家記得，《國富論》以一家製針工廠起筆，指出多人一起分工合作的產量，會比同樣的人數各自為戰的產量增加幾百倍。我曾作補充：分工合作，從而增產數千倍的例子多得很。很可惜，非常可惜，斯密的嚴重忽略，是他當時沒有注意到那製針工廠內的分工合作用上的合約安排。這忽略是傳統經濟學中的一個嚴重缺環，而從《佃農理論》起我花了數十年的工夫把這缺環填補了。

經濟學者中真的蠢才無數。我們不要管那麼多的胡說八道的經濟增長理論，也不要管那些對真實世界一無所知的數學模式。我們要知道的是農業經濟需要的分工合作遠沒有工、商業那樣誇張，而從廣義的交易費用看經濟，農業的交易費用遠比工、商業的小。這樣看，基本上，中國經濟改革的成功發展，是通過合約的安排，讓生產的主要動力從農業轉到工商業去，而又因為有自由的合約選擇，減低了工商業的交易費用，分工合作的安排激增，經濟奇跡就出現了。

說到這裡同學們應該開始明白，作為一個地少人多，但先天智慧與文化傳統皆得天獨厚的國家，要搞起經濟，面對科技發達的今天，中國別無選擇，要盡量放寬合約的自由選擇，允許通過競爭來減低交易費用，讓人力資源轉到工商業與科技發展——或一切可以大幅增加分工合作而獲利多倍這些方面去。事實上，這些方面的取向轉變，從一九九四到二〇〇七這十三個年頭，中國的發展是人類歷史從來沒有見過的那麼好。可惜跟着就未富先驕，這發展止於二〇〇八年。

是的，當二〇〇七年十月一位北京朋友寄給我那新《勞動合同法》的版本，說要在二〇〇八年初推出的，我一看內裡的九十八條就知道如果真的執行中國經改的大限必至！明顯地，該勞動法是從西方這裡那裡抄襲過來，如果真的執行會全面地否決分工合作的合約安排，或大幅地提升分工合作的交易費用。是的，從上文提到的通過件工合約看薩伊定律，那新勞動法的執行是禁止着以件工推理，合約安排的選擇因而要推到交易費用急升的層面去。

從二〇〇七年十二月起我一連發表了十一篇文章，解釋為什麼該勞動法一定會打垮中國的經濟發展，可惜皆如石沉大海，半點效果也沒有。跟着北京在東莞嚴厲執行該法，悲劇有目共睹。再跟着是不執行了——好些地方幹部招商時說明不執行——但該法仍在，投資設廠的人會怎樣想呢？跟着的發展是雖然地方政府不主動地執行，但打起官司法庭不可以漠視該法！到今天，該法明顯地闖了大禍，但不改，顯示着今天的利益團體的存在，是遠超上世紀的八、九十年代。

作為一個深知中國的歷史與文化的老人，我對近八年來國家的發展有很大的感慨。人類文化歷史五千年，其中四千八百年中國的經濟雄視天下，而在這期間我們沒有聽過中國有什麼最低工資或社會保險等西方發明的玩意。同學或者可以說，從農業轉到工商業去惹來馬克思發明的資本家剝削勞力，所以要管，但香港的工商業發展得最好的半個世紀，從來沒有聽過最低工資或社保這些事。有的只是給老人家一些"生果金"。

幾年前香港推出最低工資，適逢內地推出自由行，救了一救，商店的租金上升足以抵消工資的法定提升而有餘；但今天開始自由慢行，加上一些無聊的政治遊戲，識者紛紛說該市的大勢已去。

一九八八年的秋天我帶弗里德曼夫婦到深圳一行，見到不少高樓正在興建，但弗老認為要超越香港是永遠不可能的事。然而，今天看，我認為在國民收入上深圳超越香港大約只要兩年，而如果深圳取消進口關稅只要兩個月。這類推斷老人家歷來準確，問題是這些日子人民幣的發展不妥，很不妥，對深圳前海的前景非常不利。這就是困難：如果人民幣在國際上永遠不成氣候，深圳能否超越香港的推斷我要用另一個水晶球看。

我歷來認為，沒有做過工廠的人不應該參與勞工法例的制定。做廠是難度極高的投資，碰彩的機會甚微，不像房地產那樣只要時勢適合就可以賺錢。一百年前我的父親一手搞起香港的電鍍行業，我因而從小對工業的運作有認識，而在今天，為了保持父親發明的拋光蠟不要在我有生之年在地球上消失，那家年年虧蝕的拋光蠟廠今天還在昆山運作。這裡提出，是因為年年虧蝕還可以繼續，主要是靠那塊工廠土地多建了廠房，租給他家有收入。我認識不少在內地做廠的朋友的命運也這樣：要靠買下的土地賺錢，救一救。但這只是因為在時間上有點運情。

一九六九年起我開始跑廠作實證研究，先跑香港後跑內地，時疏時密，基本上沒有中斷過，因而對那新勞動法的禍害——尤其是在提升交易費用導致的工業合約轉變——知之頗詳。但自己老了，不能再作深入的研究。我感到失望的是見不到一個後起的經濟學者對這項非常重要的實證研究有興趣，還是在操作那些跟真實世界扯不上關係的數學模式。這種模式遊戲作研究生時我每試必列前茅，後來放棄，因為知道不走假說驗證的路經濟學沒有前途。

回頭說上文提出的薩伊定律的新闡釋——那從件工合約與交易費用的角度看分工合作的新闡釋——實在是一個難得而又重要的好理論。這樣誇獎自己，因為經驗說這理論將會成為經典而傳世：非常簡單、明顯地對、解釋力強，是滿足着所有傳世需要的條件了。可惜有薩伊這個人走在前頭，功勞要算在他的頭上。

一小撮壓力團體的利益，可以導致整個國家出現很大的浪費。今天國家推出的新勞動法、最低工資、社會保險等項目，無疑對工廠或商業老闆增加很大的負荷，但我就是看不到對受薪的員工有什麼好處。幾年前在重慶，黃奇帆帶我去參觀那裡的電子工廠，規模可觀，一排一排的生產線極具威勢。但當我見到幾間洗手間也列在生產線之旁，就知道工人這樣操作會變得終生如是！

我個人認為，也可以肯定，一個青年入廠工作應該主要是為了學習，選擇得好比進入大學更有前途。當年我的父親及叔伯等在香港入廠作學徒等粗活，沒有工資，但很多方面可以學，到後來大家都做了自己生意的老闆。幾年前中國的新勞動法推行了，我問幾位在東莞設廠的朋友是否多設生產線，他們一致說是。這裡的問題，是在重慶見到的電子廠生產線，有沒有勞動法例他們也要擺設。但其他工廠不一定，只是見到聘請工人的成本增加，老闆為了生存要迫使工人多產出，工人的學習機會於是減少了。老闆要生存，被迫增加你的工資他會懂得怎樣調校你的工作。

　　無可置疑，任何人作任何生產活動的投資，他是期望着在邊際上的回報率要與他面對的利息率打平。適者生存，不適者淘汰，是競爭的市場規律。有政府保護的壟斷可能是例外，但在市場的競爭下，在邊際的回報上，有壟斷性的研發專利也要遵守邊際回報與市場競爭的規律。馬雲、馬化騰等人的財富只不過是源於他們的天賦與勤奮給他們帶來的租值，讓他們成為鄧麗君那類的壟斷者。我曾經說過，在中國經改那段史無前例的發展中，一個重要的轉變是從禁止鄧麗君的演唱到把她捧到天上去——含意着的是一個鼓勵個人爭取壟斷的故事。

　　市場的競爭永遠是那樣無情。在美國，最低工資的提升導致餐館的侍應操作不停，而一般的觀察是，侍應的工作會導致永遠是侍應的收場。可以蠶食老闆投資所獲的租值嗎？有機會，但一般需要工會的幕後操作才可以。工會的頭頭可以獲取高收入是事實，但他們被行刺的消息時有所聞。那是西方，在政治上中國的取向不同。

　　上世紀七十年代初期，我的一位朋友拉弗提出他的拉弗曲線（其實是一位芝大元老一九四六年首先提出），成了名。這個美國的供給學派紅了好一陣。該派的幕後掌門人是我的好友蒙代爾，雖然作為薩繆爾森的首席入室弟子，蒙兄有好些觀點也屬凱恩斯學派。不知就裡的同學可能有點糊塗了。

以拉弗為首的供給學派當然是走反凱恩斯的路，主要是主張政府減稅。我在這裡闡釋的薩伊定律當然也屬供給學派，經過我提出的件工合約闡釋其主張變得豁然開朗：放寬合約選擇的自由，從而減低分工合作的交易費用。幾年前這個重要的薩伊改進版，提出政府要鼓勵供應或供給那邊，不要管需求，因為供應是為了需求，讀者的回應是一律拍掌。不久前習近平先生提出他的"供給側"，我還沒有機會跟進。應該是英雄所見略同吧，因為鼓勵供給，不管怎樣鼓勵，一定有增加需求的效果。然而，同學們又告訴我，李克強先生說要鼓勵需求。這我也還沒有機會跟進，但鼓勵需求歷來是凱恩斯學派的思維，通過增加稅收或赤字財政，然後由政府花錢刺激經濟。二〇〇八年底溫家寶先生推出的"四萬億"是經典的實例，其效果怎樣今天眾說紛紜。

不管怎樣說，二〇〇八年初推出的新勞動法北京一定要取締中國的經濟才有可為。一些朋友認為這勞動法今天已經織進了中國的體制之內，無從取締。我沒有他們那麼悲觀，因為有英國發明的"合約退出"（contracting out）的方法北京可以採用。
這是說，政府干預市場搞得一團糟時，政府可以釜
底抽薪，立法說人與人之間可以通過私訂合約，另
議條件，替代政府指定的條件。不需要取消現有的
勞動合同法例，雖然其內文要修改一下。重要是給
勞動者與僱主有選擇：僱主與被僱之間如果有大家
同意的合約簽定，有效，勞動法管不着，沒有這私
訂合約還存在的勞動法有效。重點是政府再不要左
右僱主與被僱之間的合約是同意着些什麼。

今天回顧，當二〇〇八年有關當局推出新《勞
動合同法》時，一個大事宣傳的理由是工業的發展
需要騰籠換鳥，即是要把低科技的工業改為高科
技。今天的東莞，籠是明顯地"騰"了，但只見鳥
去籠空，高科技的鳥沒有飛進去。蠢到死，不要告
訴我位於深圳的華為與大疆是騰籠騰出來的。人類
歷史從來沒有見過成功的工業轉型需要政府插手！

從一九七九年起我跟進中國的經濟改革，一直
到今天沒有中斷過。有這麼的一個奇怪發現：凡是
中國人自己想出來的新處理方法，皆不俗；凡是從
西方抄回來的，皆災難！先前我的想法，是炎黃子
孫以為鬼子佬比他們聰明。今天我的想法，是引進
西方的蠢法對某些利益團體有助。

　　我們不要忘記，美國一家平民農戶擁有的農地
約二百五十華畝，中國的只擁有約兩畝。資源的局
限不同，中國要走自己的路。歷史明顯地說，炎黄
子孫因為生得聰明，吃得苦，才可以養活那麼多的
人。

關於中國經濟的十一項建議

（二〇一六年三月十九日在中山大學講話）

各位同學：

二〇一六年一月十六日，我以《中國的經濟困難要怎樣處理才對》為題，在廣州中山大學博學同學會講話。當日天大寒，講得不稱意。三月十九日作補充，綜合為十一項建議。

引言：朱鎔基時期前車可鑒

大家記得，一九九二年的春天，鄧小平先生南下，跟着中國的經濟開放轉到長三角那邊去。長三角的大事改革起於一九九三年初，比珠三角遲起步十多年。然而，約七年後的二〇〇〇年，在所有重要的經濟數字上，長三角超越了也發展得快的珠三角。這是不容易相信的經濟奇跡，但確實是發生了。當時掌管經濟的朱鎔基先生，每年都說增長率

123

保八。他錯，我的估計是每年的增長率遠高於八。證據有三。其一，珠三角的增長率當時是明顯地高於八，但在七八年間竟然被長三角超越。其二，勞工的人均收入，從一九九三年起十四年上升了約八倍。其三，龐大的流動人口出現，幾年間四個工作年齡的農民有三個轉到工商業去。這些流動人口的收入大部分沒有算進國民收入。當年中國的國民收入是低估，今天卻變為高估。後者的主要原因，是大躍進期間採用的指標制度，這裡那裡今天還存在。不達標沒有獎金，地方幹部要怎麼辦呢？

一九九三年的春天，中國的通脹率達百分之二十五。該年五月人民幣兌港元的黑市匯率是 1.50：1.00。一九九三年五月二十一日，我發表一篇題為《權力引起的通貨膨脹》的重要文章，指出眾說紛紜的建議——約束人民幣的貨幣量——沒有用處，因為當時的通脹是高幹子弟憑他們的借貸權力搞起來的。貪污遠比今天嚴重。我那篇文章力陳權力借貸一定要剷除。我也建議當時的人民銀行改為中央銀行，不從事任何借貸或商業活動。

朱鎔基先生一九九三年七月一日接管人民銀行，兩年後改為央行。他當時的言論跟我的《權力》一文說的大有雷同之處，但他的處理方法讓我學得很多。不到四年，人民幣的通脹率從百分之二十五下降為零，跟着是百分之四左右的通縮。一九九七年七月亞洲金融風暴出現，一個月後幾位北京朋友約我在深圳會面。他們對國家當時的情況非常悲觀，但在研討中我突然間樂觀起來。靈機一觸，我解通了亞洲金融風暴的密碼。為恐增加市場的波動，沒有說出來。

事情是這樣的。一九九三年朱鎔基把人民幣勾着美元，人民幣量的增長與外資的進口量掛勾。不到四年，那奇高的通脹率下降為零，然後轉向通縮。當時其他的亞洲小國也把他們的貨幣勾着美元。美元與人民幣可以看為是兩艘巨艦，互相勾着。其他亞洲小國的貨幣是小艇，也勾着美元這艘巨艦。一下子中國這艘人民幣巨艦從很高的通脹轉為通縮，其他小艇不能不紛紛斷纜。大約十年前，我把這個簡單的亞洲金融風暴的解釋跟一位央行朋友說了。他拍案叫絕，說他們當年想破腦袋也想不出因由。事實上，所有西方的專家對該風暴的分析一律胡說。

跟我這次講話有重要關係的，是九十年代中國的經濟困難甚於今日，但經濟增長率卻冠於人類歷史。當時因為通縮的出現，上海樓價跌了一半，深圳跌了七成。朱鎔基大事肅貪，也是約束吃喝和打高爾夫球。為什麼當年中國的經濟飆升，今天我們卻遇上困境呢？

應該是幾個原因的合併吧。其一是朱鎔基這個人。要管的他管得緊，其他可放則放。勞工合約的自由難得一見。不僅沒有誰管什麼最低工資，僱主解僱一個月通知，員工辭職立刻可以；產品市場的自由是我平生僅見。其二是當年的利益團體遠沒有今天那麼多。其三，當時可以開放的空間遠比今天為大，其中最重要的是讓人口自由流動。幾年間工作年齡的農民四個有三個轉到工商業去。其四是二○○一年中國打進了世貿——這點美國的克林頓總統幫了一個忙。其五是二○○○年中國的地價開始上升，容許地方政府把國企連土地賣出，利用賣地的錢遣散國家職工，改制為民營。

最重要是第六點：一九九四年起中國的縣際競爭制度開始形成。二○○五年，在七十生日的宴會中，我說中國的經濟制度是人類歷史最好的制度。這句話被人批評是狂言。做學問我是個非常認真的人，怎會胡說呢？一九九七年，我為父親研發出來的拋光蠟到昆山一帶找工廠用地，是小額投資，遇到不同地區幹部搶生意，其激烈使我大開眼界。我要到二〇〇三年才知道土地的使用權力落在縣的手上，於是咬定縣是地區激烈競爭的主角。到四年後的二〇〇七，我才解通這競爭制度的密碼。詳細的解釋可見二〇〇八年發表的《中國的經濟制度》。

今天中國遇到的經濟困難沒有九十年代那麼嚴重，但上述的六點彈性調整我們今天是沒有了，是以為難！下面的十一項建議要是能一起推行，應可拆解。

十一項建議

今天我要提出的十一項建議如下：

（一）新《勞動合同法》一定要取締或替代。此法是中國經濟發展從極盛轉向疲弱的導火線。因為此法，二〇〇八年我說清楚，中國的成功改革只有二十九年，不到三十年。我發表過十一篇文章，大聲疾呼，力陳該法會是中國經濟發展從強變弱的轉捩點，皆如石沉大海。不久前樓繼偉先生說該法要修改。這不對，該法要撤銷，或以私訂合約替代，不要改。

我研究經濟超過半個世紀，被西方譽為合約經濟學的創始人。該洋洋九十八條的《勞動合同法》

是從西方抄襲過來的，百鳥歸巢，亂抄一通，合同或合約的用途何在他們沒有考慮過，是悲劇。我們要知道勞動力或生產要素合約是一種產品市場合約的替代，用以協助謀取分工合作可以帶來的巨利。該合同法大幅提升了分工合作的交易費用，使工廠紛紛拆細，也使外資見而生畏。雖然不少地方幹部招商時說不執行該法，但打起官司法庭要判案。恐嚇或勒索的行為無數，受益的是一些小律師及專於搞事的人。一般不會推到法庭那麼高，以小款和解常見。當然，該勞動法對從事高檔產品的大機構為禍較少，但高檔的發展不能沒有低檔次的在下面支持。

我的建議，是採用合約退出的方法來逐步替代政府的《勞動合同法》。這是說，勞、資雙方可以選用私訂的合約，你情我願，條件如何政府不要管。凡有私訂合約的，政府的合同法無效；沒有私訂合約的，該法依然有效。

（二）不要讓社保毀滅中國的文化。社保也是從西方抄過來的。在美國，他們的社保有兩次近於破產。我們要知道他們的文化跟中國的不同。在美國，子女讀大學往往要向父母借錢，而父母老年衣食無着時，子女往往不救。社保因而有其需要。中國呢？我們論孝，而子女不在親朋戚友會照顧也是我們的文化傳統。我認為這些是中國文化的美德。"子欲養而親不在"的悲痛西方沒有聽過。

中國的孝道文化可見於三千多年前的甲骨文。我的闡釋，是論孝可以減低社會的交易費用，所以歷久猶新。聽說有一位海歸的經濟學家反對中國論孝。此君讀得太多番書尚屬難怪，連交易費用也沒有聽過卻奇哉怪也。

還有一事。在西方，社保投資的平均回報率一般遠低於市場投資的平均回報率。原因何在不好說。撤銷社保工資會增加，讓受僱者自己儲蓄與投資是正着。

我最擔心的，是連文化大革命也革不掉的中國孝道文化，有朝一日會灰飛煙滅，被從西方引進的社保不革而掉！社會的交易費用因而提升，天倫之樂變為陳跡。這是嚴重問題。文化這回事，不可以招之即來，如果中國的孝道因為引進西方的社保而消失——持續下去一定會消失——在今天的世界，會一去不返。那是誰的責任？我在這裡勒碑誌之！

（三）要讓內地市場保護文物。這幾年我為見到中國的出土文物在國外的拍賣市場大量湧現而感到心痛。不是不喜歡見到老外欣賞中國的文化，而

是知道文物的大量外流是因為北京不容許這些文物
在自己的市場成交。

我當然不贊同盜墓的行為,但公有的土地是無
從禁止的。據說文物出口不難,因為海關人員分不
開孰真孰假——事實上假貨不少。容許出土文物在
內地市場成交會鼓勵這些文物留在中國。這也會鼓
勵盜墓。但土地公有是一個大麻煩,無從拆解。

這些年北京重視——非常重視——中國的文化
與文物,是好事。源於地下市場,今天內地有很多
民營博物館展出不少出土文物。想來愛國之心,人
皆有之。要鼓勵這些文物多留在國內,我想不到有
什麼方法能比得上放開內地的文物市場,讓市價挽
留。再者,喜歡研究或欣賞中國文化的人,拿着一
些實物在手觀摩是遠勝到博物館隔着玻璃看。

(四)灰色地帶目前不要管。說起中國的文
化,宴客與送禮都是我們的文化傳統,遠比西方來
得誇張。想想吧,跟美國的朋友一起到餐館進膳,
結賬不僅各自付錢,就是小賬也分得一清二楚。中
國呢?我見過互爭付賬而打起架來!過年過節的紅
包與送禮的慷慨不僅老外聞所未聞,就是香港人也
沒有那樣誇張。

目前的問題是因為肅貪,北京大事約束送禮與

宴客的行為。我曾經提出在縣際競爭的制度下，地方幹部與投資者是合伙人，送禮與飲食在我們的文化傳統中起了一個重要的作用。

這裡我們不能排除一些宴客與送禮（尤其是後者）屬貪污行為，而在貪與非貪之間有好一片灰色地帶。我的建議，是在目前的經濟困境中，這灰色地帶北京最好不管。我們要等經濟回復到十年前的活力，才考慮這灰色地帶要怎樣劃分得清楚一點。

還有一事。我們知道有些非常能幹而對國家作出過大貢獻的幹部被關了起來。但中國的文化傳統有將功贖罪的說法與典故，在經濟環境霧靄沉沉的今天，我希望習近平先生考慮一下"將功贖罪"這個中國文化傳統。

（五）縣際競爭的獎金要補充。中國的縣際競爭制度的優越性曾經冠於人類歷史，我曾經花了四年研究，寫過一本小書解釋了。目前的一個重要麻煩，是作為獎金最重要的源頭——空置的土地——今天是越來越少了。給幹部們大幅加薪是走新加坡與香港的路，中國目前辦不到，就是辦得到也不會有獎金制那樣有活力。北京應該不難想出其他增發獎金的方法。

這裡我也建議北京考慮索性把近於一個商業機

構的縣改為源於英國的公司制。今天在美國，無數的城市皆以有限公司的規格與法律處理。這不是淺學問，源於英國，為的是要劃分清楚城市與上頭之間的權利與任務。但西方的城市公司只限於處理公務，不做生意，雖然在法人與法律的規格上跟做生意的有限公司相同。我們知道作為一個重要的經濟單位，中國的縣有很悠久的歷史。在這裡我建議試行中西合璧，讓縣受到一家有限公司的規格與保護，說不定他們可以各自想出自己的獎金制。只要他們管理得宜，市與省上頭有合理的稅收，就放他們一馬。

（六）讓醫生掛牌會牽一髮動全身。儘管不少朋友向我們投訴，但比起西方，我認為目前中國的醫療制度不是那麼差。然而，明顯地，那常見的、動不動要露宿街頭或請黃牛輪取掛號的現象絕不可取。何況大多數的求醫者只是感冒等小病，用不着跑到醫院那麼誇張。

我建議容許私營（內地稱民營）的醫生在醫院之外掛牌行醫，也容許私營（民營）的化驗或檢查室商業化。這些會大幅減少醫院的擠逼。原則上，理論說，一般的小病，私營的收費是醫院的收費加輪取掛號的麻煩所值。這樣一來，同樣的政府資助，公立醫院的醫生與護士會因為人手減少了而加薪，紅包的需要就減少了。這也是說，同樣的政府資助，排隊掛號的時間浪費的所值會轉到醫院的醫生及護士的收入那邊去。

醫藥方面也有很多問題，半真半假的藥物，會因為有私營的競爭而減少。要記着，不要引進西方的醫療保險制度，因為這制度的主要成本是律師費！我認識一位朋友被醫壞了，打起官司，勝訴，所獲賠償八成歸律師。水出魚，魚飲水，這些律師費是算進了醫生的收費中，即是由病人支付。另一方面，西方的醫療保險，好些時見死不救。病救，但約束藥物與療法，見病危不救。這樣的文化中國人不容易接受。

（七）人民幣下錨重要。我曾經發表過多篇文章，解釋人民幣要以一籃子物品或商品的物價指數為錨，這裡不再說。要再說的是下這樣一個穩定、保值之錨，以貨幣政策調控經濟要放棄。央行的職責主要是守錨，利率與匯率皆自由浮動。貨幣是用作協助貿易與投資的。用貨幣政策來調控經濟是在無錨制度下我的深交弗里德曼的發明，闖禍機會不少，而弗老認為做得最好的格林斯潘也闖大禍收場。日本的貨幣政策失誤，一闖就禍害四分之一個世紀，到今天也不能翻身。

　　兩年前聽到央行要讓人民幣的利率自由浮動，但在無錨的貨幣下，這是辦不到的。跟着就是央行頻頻調校利率與貨幣量，這些是貨幣政策。香港採用的，是英國十九世紀末期一位爵士提出的鈔票局制度。這制度不能用貨幣政策調控經濟，利率要跟着它勾着的美元走，貨幣量的變動也是被動。作為一個大國，中國不容易採用鈔票局這個制度，而即使可以採用，也會被勾着的貨幣的國家牽着鼻子走，即是利率要跟着人家變動而變動。以一籃子商品的物價指數為錨，是一個貨幣獨立的制度，但跟香港的鈔票局制度一樣，以貨幣調控經濟的政策要放棄。

　　把人民幣推出國際重要，因為可以是一本萬利的生意。但美元、歐元、英鎊等也在國際上爭生意。二戰前英鎊雄視天下是英國成為日不落國的主要原因。中國不要操控他國，但有巨利可圖的人民幣生意是要做的：放一元人民幣出去，不打回頭是賺了一元，打回頭是賺了利息。

　　在國際上做貨幣生意，跟其他生意一樣，大家都希望把其他國際貨幣殺下馬來。我建議的下錨方法是上佳的防守。

幾年前，人民幣勢強，有明確的好面目，如果當時北京接納我的建議，下了一個保值的錨，把人民幣大手推出國際，中國不會有今天的困境。我今天認為不要趕着推出國際。先下好一個保值的錨，等到人民幣回復強勢，才大手推出去。

（八）撤銷所有關稅重要。兩年前我在深圳大梅沙講話，說經濟大蕭條不要從經濟下滑多少看，而是要從不景多久的年日看。當時我說世界可能進入了經濟大蕭條，今天看是不幸言中！源於信貸膨脹然後破裂的大蕭條很難處理。上世紀三十年代的美國與八十年代後期起的日本是例子。八年前起自美國的金融海嘯也是。

回顧美國上世紀三十年代惹來的禍，弗里德曼說的貨幣政策失誤是主要起因，後來該蕭條歷久不去主要是因為舉世一起採用國際貿易的保護主義。這觀點二十多年前英國大師希克斯向我提出，後來我搜查資料認為他對。

不管有沒有大蕭條，我歷來認為中國要撤銷所有進出口關稅。我不僅認為中國會勝出，就是鬥不過人家也有大利可圖。今天縱觀天下大勢，中國撤銷所有關稅會把整個地球的經濟搞起來。跟他國一起全部撤銷當然是大吉大利，中國單方面先撤銷也是一着好棋。這是因為以關稅留難中國貨的國家不會不知道，中國一旦提升進口稅，他們的工業會紛紛倒閉。一個進口大國就有這樣的阻嚇力。再者，昔日中國的進口稅是為了保護工業，今天看是保護劣質產品！北京不是要騰籠換鳥嗎？

（九）撤銷反壟斷法。反壟斷法又是從西方抄過來的。美國稱反托拉斯。我曾經是美國電話公司與加州標準石油的反托拉斯顧問，認識的反托拉斯專家無數。絕大部分專家反對反托拉斯，只是有關的律師與經濟學者可以從這些官司中賺取不少錢。

從我參考過的無數反托拉斯案件中，只有美國電話的"拒絕"行為有問題。困難源於很多年前，他們發明了價值連城的半導體，但政府當局不容許他們進軍電腦生意，換來的是他們有電話的壟斷專利。他們歷來以為有這項權利，所以拒絕與競爭者合作，但一九七六年被司法部以反托拉斯起訴時，他們才知道政府給他們的電話壟斷專利只是默許，找不到足夠的文件支持。

三十多年前，香港的財政司彭勵治問我要不要推出反壟斷法。我說香港最大的壟斷者是政府當局，你們要反我同意，但反非政府的壟斷地球上找不到幾個有經濟效率的實例。我向彭老解釋得頗為詳盡，他同意。

北京今天要反國企或政府自己的壟斷權利嗎？我沒有異議，但我打賭他們不會做。反民營或外資的壟斷呢？我反對，因為這些壟斷一般是從競爭中勝出的。把微軟趕到越南去沒有什麼意思吧。商業的行為千變萬化，是否源於壟斷是深學問，要證明這些行為對經濟有害，我不相信內地有專才可以做到。何況打起反壟斷官司，在美國動不動需要十多年，費用奇高。中國的反壟斷官司為時甚速，反映着被訴者只是要息事寧人，不願意大手花錢跟政府鬥法。目前中國的反壟斷法把外資嚇跑是明顯的。我們要知道引進外資主要不是為了引進他們的錢，而是要引進他們的科技知識。北京不撤銷反壟斷法，帶來的間接損失會是龐大的。

（十）鼓勵捐錢是扶貧的最佳方法。中國窮人不少，扶貧重要。我認為溫家寶先生撤銷農業稅是他在任時走的一着高棋，但我認為通過抽稅來扶貧是劣着。北京要鼓勵捐錢才對。

我認為很多人喜歡捐錢，甚至要把自己所有的錢捐出去，但因為種種原因不容易見到有好效果。見不到好效果就懶得捐，是人之常情。捐一百元出去，有八十塊達到捐者意圖的人的手或事項，捐錢的人會高興。但所有資料顯示,大部分捐出去的錢給某些人從中"落格"了,中外皆然。我知道今天在中國捐錢比香港麻煩。這方面,北京要搞得比香港更好,因為內地需要扶助的人遠比香港為多。重點是要尊重捐者的目的,更重要是要讓捐者見到效果。

(十一)大學制度非改不可。北京花很多錢給大學與學術研究,但大學的制度,尤其是研究院的,搞得一團糟。我們不容易明白開放改革了那麼多年,就讀大學的天才學子無數,為什麼稱得上是思想大師或國際大師的是那麼難得一見。美國的大學算文章數量是當年越戰惹來的禍,主要是在次等大學出現。中國偏偏就要學人家最壞的。可能要禁止言論的只是很少的一撮人,為什麼要廣及全部?為什麼北京上頭從來不管我發表的講話或文章,但下面卻左管右管?為什麼中國的大學的卓越學生或研究有成的老師沒有受到英雄式的敬仰?

不久前我出版了一本小書,題為《科學與文化》,細說了中國的大學應該怎樣改進。我當然指責,當然罵。該書是在北京出版的,你們買來看看會知道他們完全不管我的言論。他們既然放我一馬,原則上他們可以大放馬群吧。

　　北京的朋友要知道，那些在研究院內要發展的思想與研究，沒有直接市場價值的，是非常艱巨的創作。薪酬多少屬其次，思想與言論要有天馬行空的自由，也要有一群互相感染的人聚在一起。中國培養不出一些足以炫耀國際的思想大師，經濟怎樣發達也是地球上的次等市民。

　　學問不受到尊重是搞不上去的。我建議北京挑選三間大學，重於研究的，每間給他們幾年早就預算給的經費，然後放手讓他們搞。收學費與教授工資全部放手讓他們彈性處理，然後幾年後才聘請專家看看效果。像我這樣的過來人，一間大學的斤兩為何是很容易判斷的。

結語：三十七年可堪回首

　　我是做學問的。近二十四歲才進大學讀本科，博士後出道任教，三個月後升為正教授。巴澤爾在回憶中寫下，我出道的第一天就是行內的產權與交易費用的第一把手。諾斯也在他的回憶中寫下，我是華盛頓經濟學派的創始人。提到這些，因為我曾經是一個非常失敗的學生，只是後來碰着機會，讓我把八位大師的學問綜合起來，作為己有，然後在他們面前表演一下炎黃子孫的能耐。那是在我遇到巴澤爾及諾斯之前的事了。

　　一九八〇年十二月，在底特律的一個會議中，科斯約見我，説："聽説中國可能改革。你對經濟制度的運作知得比任何人多，又懂中文，你要回到中國去。"這是一個難題。當時我在美國的工作受到敬重，石油工業的研究還在進行，有兩個念小學的孩子，怎可以舉家搬到香港或中國來呢？有幾個理由促使我回歸，其中最重要是二戰時我在廣西逃難，衣食無着，見到一個一個的小朋友死掉。當年一起玩耍的孩子中，我是唯一的生存者。後來遇到上面提到的機會，一發勁就打開了學問上的一片新天地。我想，既然我可以，中國的其他孩子也可以，他們欠缺的只是一點機會，説不定我可以幫他們一把。這也是為什麼我對今天中國的大學制度屢發牢騷。

　　一九八二年五月回到香港任教，職位雖高，卻不好過。我在西方發表文章不需要通過評審，他們説我靠搞關係。我喜歡作實地考查，他們説是不務正業。用中文下筆，他們説不是學問。是的，在香港工作幾年後，香港某政府機構委託一個委員會評審香港的教授的學術貢獻，十分最高，零分最低，我是唯一獲得零分的教授。奇怪有關當局沒有公佈這個偉大的發現。提到這些無聊瑣事，是要同學們知道三十年前的香港，與今天的內地，對學問的認識跟當年的美國有很大的差別。當然，美國也不乏無聊之輩，但那裡的學術高人根本不管這些瑣事。他們只着重一個學者表達的思想有沒有一點新意或一點深度。對他們來說，發表的文章是多是少是無關宏旨的。

三十年前，北京還沒有一個西方博士。這救我一救，因為在當時那裡沒有誰認為中文不是學問（今天，在內地用中文下筆也被認為不是學問了）。當年用中文下筆，我一口氣寫下了三本書：《賣桔者言》（一九八四）、《中國的前途》（一九八五）、《再論中國》（一九八六）。北京的朋友不僅閱讀，他們盜版（使我高興是政府當局盜版）！書中的資料很多是他們提供的。深圳派了三位助手協助，我要看什麼合約他們立刻提供。北京也提供協助，帶我到首鋼視察他們的承包安排（我在首鋼的宿舍住了兩個晚上）。他們帶我到杭州、溫州、福州、廈門等地作實地考查。十多年後，地方幹部朋友給我提供詳盡資料，讓我在二○○八年發表《中國的經濟制度》。

我也有不是那麼愉快的一面。如果你們細讀我以中文寫下的關於中國的文章，會發現我的建議跟國家後來採用的政策，在上世紀八九十年代似乎不謀而合，但進入了新世紀，就變為互不相干！只有二○○五年二月我發表的反對出口從量稅的文章，發表後商務部託人給我電話，說他們聽我的，不推出這從量稅。

我不是個改革者。我只是為了關心中國青年的前途而發表一點意見。從蛛絲馬跡看，上世紀的八、九十年代，我仿佛見到一點效果，但之後不再。這個有趣的轉變要怎樣解釋呢？有幾方面。第一方面是中國的經濟搞起之後，利益團體多了很多。第二方面是北京的朋友變得有點未富先驕。第三方面是從海外回歸的經濟學者不少，而他們的博弈理論、函數分析與回歸統計，跟我認為有解釋用場的需求定律、成本概念與競爭含義這三者的合併發揮是完全兩回事。一時間北京的朋友是感到花多眼亂了。

個人之見，從上世紀七十年代中期開始，西方的經濟學發展走入了歧途。無從觀察的術語太多，對解釋世事毫無用處，這樣的研究所獲傳世的機會甚微。從二○○○年起，我花了十四年寫下長達千多頁的《經濟解釋》，也是用中文。今天看該書可傳世逾百年了。

作為一個為追求真理而做學問的人，作品能否傳世非常重要。我沒有能力改變世界。依我建議的我當然高興，不依我的也無所謂。名頭是什麼我歷來不管，但作品或思想能傳世，數十年來我是不斷地爭取的。我的《佃農理論》一九六八年發表，今天還在。一九六九年發表《合約選擇》，一九七○年發表《合約結構》，一九七二年發表《婚姻合約》，一九七三年發表《蜜蜂神話》，一九七四年發表《價管理論》，一九七七年發表《座位票價》，一九七九年發表《租管重建》，一九八二年發表《商業秘密》與《中國去向》，一九八三年發表《公司性質》——這些都超過了三十年。因為專於解釋，頻頻驗證，這些作品今天一律成為經典，在西方的研究院的讀物表中常見。

今天我八十歲，走進了生命的黃昏。回顧平生，我不可能活得更豐富。一九七九年我開始跟進中國的經濟改革，到今天三十七年。這期間中國的變化濤瀾洶湧，風雲開闔，時而日星隱曜，時而皓月千里。是那麼精彩的人類歷史的一個片段，而我所學剛好可以解釋發生着的是怎麼一回事。但我是個炎黃子孫，這裡那裡感情的涉及無可避免，所以我有時拍掌，有時責罵，有時大聲疾呼。這些行為來得有點誇張，違反了一個學者應有的操守。

把上述的三十七年拉開來細看，我認為最精彩是一九九三至二〇〇三由朱鎔基掌管經濟的那十個年頭。人類歷史從來沒有出現過在那麼惡劣的環境下經濟可以飆升得那麼快，其速度否決了所有的經濟增長理論，否決了弗里德曼的貨幣理論，否決了費雪的利息理論，否決了凱恩斯的通論，支持着的只是我提出的產權與交易費用理論。

做學問我是為了興趣，追求的是真理與思想傳世。外人看似乎有點無聊，也可能真的是無聊玩意，但作為學者我就是這樣追求。老實說，我認為富有的人追求金錢比我更無聊。

五常談藝術、文化與收藏

（二〇一六年四月八日我在廈門大學講話，在網上
出現後，流傳甚廣，不少專家傳閱。）

不久前讀到，下圍棋，人腦鬥不過電腦。不奇
怪，因為下棋可以算進複雜的方程式。我不鼓勵青
年沉迷於下棋。玩玩可以，沉迷不好。有兩個原
因。其一是下棋過於用心對腦子的培養可以有害。
其二是下棋要真的下得好需要有一種很特別的天
賦。有這種天賦的不一定是聰明人，要是沒有不管
你多聰明不可能成為國手。

科學成就主要靠想象力

科學呢？有些技術需要訓練。然而，回顧人類
的科學發展歷史，技術不是那麼重要。偉大如生物
學家達爾文，他在實驗室的操作不到家！以我熟知
的經濟學為例，這門學問近四十年來走下坡，一個

重要原因是偏於數學技術那方面發展，入了歧途。科學主要是論思想，即是講內容。這樣衡量，科學的成就主要是靠想象力了。自然科學與我熟知的經濟學，足以傳世的思想，不管是對還是錯，一律靠想象力。科學思想要傳世說難甚難，說易也易，但想象力欠奉傳世機會是零。

想象力這回事，天生因素雖然重要，後天的學習也明顯地有很大的決定性。以中國為例，我們的詩人想象力很了不起，但科學的成就卻遜西方。我認為後者的不幸是後天的教育教壞了。這是為什麼我對中國的教育制度——尤其是大學的制度——屢發牢騷。

藝術以表達感情為主

轉談藝術。藝術當然要講技術，不容易，要多下功夫。論技術，我認為藝術比科學重要。一位技術超凡的畫家，想象力不足道，其作品可以賣得起錢。有大成的藝術家呢？單憑技術不足夠，加上想象力超凡也不足夠——不可或缺的是感情的表達。後者是藝術的主要困難所在。科學是不需要表達感情的。

每個人都有感情。應該是天生使然吧。道金斯會說是源於自私的基因。所有動物皆如是。沒有感情，我們難以想象人類可以生存。從成功的藝術作品那方面衡量，困難可不是感情的表達——這表達任何人都容易——而是作者要把自己的感情適可而止地傳到觀者或聽者那邊去。這是非常困難的：要觸及觀者或聽者內心深處的和弦，藝術作品或大或小要有點震撼，要誇張得自然，也要有一種令人感到舒適的美。稍有俗氣，一件藝術作品就完蛋了！

想當年，黃苗子給我上書法的第一課。他叫我拿起毛筆寫幾個字給他看。我胡亂地在宣紙上寫了幾個字，他立刻說："你可以學。"我問他為什麼。他說："你的字沒有俗氣，過了最難的一關。"那是二十五年前。今天回頭看自己的舊作，總是覺得有點俗不可耐。可見感情有真假之分，米芾說的"振迅天真，出於意外"談何容易！

繪畫藝術中國走下坡

論藝術文化，中國的歷史傳統了不起。當然，西方也有獨到之處。從畫作那方面看，從藝術的哲理衡量，西方要到十七世紀中葉才能與中國打個平手。他們的文藝復興只不過是五百年前。十七世紀中葉他們出了一個倫勃朗，擺脫了舊宗教的約束，推出放開空間的畫法，可與我們北宋時期的范寬比一手。約一百年後，比起西方，畫作藝術中國開始敗退。到了十九世紀中葉，法國的印象派光芒不可方物，我們是給比下去了。然而，法國印象派有幾種闡釋。我認為最可取的闡釋是：感受上的真實比實物本身還要真。以這闡釋衡量，所有中國的傳統畫作都是印象派。

十八世紀中葉起中國的繪畫藝術開始走下坡是明顯的。為什麼呢？我們知道，在君皇時代，皇帝的取捨會重要地影響藝術的發展，中外皆然。在視覺藝術上，十八世紀中國的敗退主要是源於乾隆皇帝這個人。乾隆重視藝術，可能是人類歷史上最大的藝術收藏家。可惜此君的品味俗不可耐！這可見於他寫下的幾萬首詩。我們不要罵乾隆。同樣能幹的法王路易十四，同樣重視藝術，也同樣俗不可耐。洛可可藝術是路易十四的影響。沒有感情的華麗作品，是金錢加俗氣的結果。乾隆時期的官窯瓷器，不是很有點洛可可嗎？

民間藝術有可觀

今天回頭看，十八世紀中國的視覺藝術發展不是一律敗退。民間的藝術發展有可觀。這裡我要特別提出的是壽山的石雕藝術。這門藝術的鼻祖楊玉璇是康熙時期的人，我找到的證據是他專為宮廷操作。到了乾隆時期的周尚均，宮廷之外他的民間作品多，賣得起價。再跟着的就是東門與西門派別的發展，了不起，而其中西門的林清卿的石雕藝術之高，令人歎為觀止。可惜林氏的重要作品被一小撮人珍藏起來，今天的市場不多見。我曾經認為雕塑藝術中國遜於西方，但見到清卿的兩件精彩作品後就改變了主意。另一方面，天賦甚高的揚州八怪也是乾隆時期的人，得不到宮廷的賞識，只能在民間賣小品。

中國的藝術哲理

說在傳統上，中國的視覺藝術非常了不起，我沒有誇張。同學們要找機會細看約一千年前北宋范寬畫的《溪山行旅》那幅巨畫（今在台北故宮，市場有很好的日本複製）。我為這幅畫思考了很久，認為該畫達到的境界到今天也不能被超越。該畫不可能是碰巧之作，而是反映着一個偉大的藝術文化傳統。

在視覺藝術的哲理上，中國古時達到的深度令人嚮往。各家各法多得很。這裡我禁不住要例舉唐代孫過庭寫於公元六八七年的《書譜》。論上佳的書法，孫前輩教我們如是看："觀夫懸針垂露之異，奔雷墜石之奇，鴻飛獸駭之資，鸞舞蛇驚之態，絕岸頹峰之勢，臨危據槁之形。或重若崩雲，或輕如蟬翼。導之則泉注，頓之則山安。纖纖乎似初月之出天涯，落落乎猶眾星之列河漢。同自然之妙有，非力運之能成。信可謂智巧兼優，心手雙暢；翰不虛動，下必有由。一畫之間，變起伏於鋒杪；一點之內，殊衄挫於毫芒。"

　　書法沒有畫面，文字內容不重要，只憑點點畫畫來觸動觀者內心深處的情感，談何容易？孫前輩是說：如此這般可以做到！《書譜》三千多字，書法好，文好，字字珠璣，令人拜服。有人說那是論書法的一個序言，我認為是全文。現存台北故宮的《書譜》真跡缺少了好幾百字，可幸也缺字的太清樓《書譜》拓本剛好有那幾百字，合併起來我們今天可以讀到《書譜》的全文。我建議同學們背誦這篇文章，學不到書法也學得什麼是文氣什麼是文采。

西方的藝術哲理雷同

　　書法這種抽象藝術中國獨有。中國歷代對藝術哲理的評論有不少佳作，但也有好些過於抽象，我讀不懂。我是個看不到皇帝的新衣的人。西方的視覺藝術哲理的言論，佳構不少。我欣賞梵高、莫奈、塞尚、畢加索、羅丹等人對藝術的看法——尤其是塞尚。這些言論不難找到，同學們要拜讀。跟中國一樣，他們說的來來去去也是怎樣把作者的感情觸及觀者的內心深處。

美國詩人愛倫坡曾經寫下如下的話："在最魯莽的人的內心深處也有和弦；但若沒有感情，這和弦是不能觸動的。即使那些完全陷於迷惘之境的人，覺得生與死同樣可笑，但對某些事物他們還是不能嘲笑的。"

愛倫坡早逝。在他的墓碑上有人刻上這句話："沒有奇異的層面，不會有精緻的美！"這不就是我們的孫過庭說過的嗎？可見藝術的真諦，其哲理沒有中、外之分。人類就是人類，道金斯會說是動物的基因使然。

每個人都應該嘗試藝術

在美國讀本科時，我修西方的藝術史成績好，獲邀請作藝術史的助理教員一個學期。一九五五年，十九歲，學人家搞藝術攝影，第一天嘗試我攝得的兩張作品不僅入選沙龍，而且被印在該年的國際沙龍的年鑑上。一九五八年在多倫多我做過幾個月的職業人像攝影師，其後為了幫補生計，在美國加州傳授自己發明的攝影方法。一九六七年在長灘藝術博物館舉辦攝影個展，盛況一時。想來是無聊玩意，但當時專研經濟，日夕思考，很苦，憑一種藝術媒介發洩一下是有其需要的。

我認為每個人都應該嘗試一下藝術的操作，不是要成為什麼藝術家，而是要讓自己的感情有個好去處。尤其是像我這種搞思想創作的人，遇到難題需要日夕思考，久不久總要找些什麼來讓腦子鬆弛一下。今天我找什麼藝術媒介來嘗試呢？攝影要跑來跑去，音樂自己的耳朵有點問題，繪畫的色彩與工具可以弄得一團糟，雕塑要有一個特別的工作室。我於是想到書法。宣紙與墨汁皆相宜，可以亂寫一通，而機緣巧合，讓我一手買下文革時期製造的幾百支羊毫筆。老師呢？上海的周慧珺免費教了我多年。我是五十五歲才開始研習書法的。

以物為本考查訊息費用

我對中國的藝術文物的研究，是另一個故事。一九七五年春天，在西雅圖，我對同事巴澤爾說我不同意當年盛行的關於訊息費用的幾種理論。我對他說考查訊息費用要從物品本身的特徵入手，即是說我們要找一些訊息費用奇高的物品，細察其特徵，從而理解為什麼這些特徵會導致高的訊息費用，然後推敲市場會怎樣應對。當時正準備到香港度長假，我對巴兄說會到那裡考查產自緬甸的翡翠玉石。一九七五年我在香港的廣東道花了兩個月買玉賣玉，教我的專家朋友不少，可惜到今天我還是不懂得翡翠玉石的質量高低應該怎樣看。但我後來還是推出了一個重要的玉石定律。這定律的起點，是訊息費用奇高的物品，沒有專家作判斷不值錢，跟着的有趣含意這裡不說了。

解通了財富累積大難題

一九八二年回港任教職，八三年我轉向研究產自壽山的田黃石。田黃也是訊息費用高，但跟翡翠不同。翡翠難分優劣，田黃難知真假。翡翠我學不懂，但田黃我算是學懂了。這些及其他收藏品的研究不僅讓我寫下在《經濟解釋》中很好的一章，可能更重要是讓我推出一個關於財富累積的"倉庫理論"。財富累積是近代經濟學的一個大難題，曾經有四位大師嘗試過，皆失敗。

我的"破案"方法簡單，從倉庫的角度入手。累積財富是要有倉庫的。所有金錢以外的資產都是倉庫。你買一間房子，是倉庫，房子的市值就是你的財富。這市值是由預期的收入折現而得。這裡的問題是收入必有上限，所以作為財富累積的倉庫，房子的市值也必有上限。如是推論，所有靠預期收入來折現而求得財富的資產，必有上限。這樣看，如果一個社會只憑這類資產作為財富累積的倉庫，到了上限，花不掉的錢要放到哪裡呢？

這是一個無法找到均衡點的大難題。我破案的關鍵，是指出沒有收入或不靠收入的收藏品沒有市值的上限。只要加進這些收藏品作為財富累積的一些倉庫，整個關於財富累積的倉庫理論就浮現出來了。

中國文物出土了

在我一九八一年寫好、一九八二年發表的一本小書中，我肯定地推斷了中國會轉走市場經濟的路。憑着日本七十年代的經驗，我跟着推斷藝術或文物的收藏品，在中國將會出現一個很大的市場。這是為什麼在考查壽山的田黃石之後，我轉到其他收藏品那方面去。除了珠寶及一些現代的藝術品，其他收藏品的訊息費用甚高。古書畫的訊息費用當然高，而在八十年代中期開始，中國的出土文物多，其訊息費用也高。

要判斷一件收藏品的市值，有四方面的困難。其一是鑑別真假，其二是鑑別優劣，其三是判斷其重要性，其四是衡量市場的接受性。鑑別優劣比較容易學，這裡不談。讓我略說其他三項吧。

收藏品的真假鑑別

鑑別真假我採用的方法跟專家們用的有別，比較容易，但能過關而被我接受的機會較高。我的出發點，是藝術或文物收藏品我們一般不可能證明是真的。於是，我集中於找尋假的證據，找不到不能說是真，但可以接受。

以兩年前吵得熱鬧的蘇東坡手書的《功甫帖》為例吧。該帖只幾個字，沒有蘇子的署名，拍賣成交價八百多萬美元。有專家說是真，也有專家說是假。我怎樣看呢？沒有假的證據，可以接受。說該作是假的專家的意見主要是兩點。其一是字的筆觸有點偏側，不像蘇東坡的字。但蘇子寫字不提筆，即是手腕按在桌上寫，《功甫帖》的字較他通常寫的大，所以略偏。其二是翁方綱的跋言，專家說字多擠逼，不像翁氏的字。但翁方綱這個人就是囉唆，空位不夠他就要這樣把字擠進去，何況印章絕對是翁氏本人的。要注意，我可沒有說《功甫帖》是蘇子的真跡——怎可以知道呢？不可能知道。我只是認為沒有問題，可以接受。奇怪是在這大爭議中，我沒有讀到那幾個字是不是寫在宋朝的宣紙上。

是的，真不能證，但假可以證明。假冒得真假難分是很困難的事。我們可以從很多方面找到假的證據。市場偽作無數，懂得鑑別通常可辨，有時甚難。有時我明知是假也要弄來研究一下。

從作品重要性說小蠻腰現象

判斷一件作品的重要性也不易。懂得判斷不難賺錢，可惜往往要過了一段時日才知道。收藏有這麼一個市場規律：同類的作品，假以時日，重要作品的價值上升，其增長率一般比普通的為高。同類作品，價格上升時一起升，但下降時重要的不降，或降很少。換言之，同類作品或同一作者，重要與不重要的作品的價格差距會因為時日的蹉跎而越來越大。例如我知道某名家的畫作，同樣大小，二十年前重要的三十萬，普通的二十萬，今天卻變為二

千萬與二百萬。重要的上升了六十多倍，普通的只
十倍。理由是重要的精品數量一般甚少，在藏家的
手會有頑固的收藏性：不容易買回來的作品不容易
放手。

上述的假以時日，同類或同一作者，重要與普
通作品的市價的比率會分離這個規律，解釋了這些
日子拍賣行的朋友告訴我，經濟不妙，拍賣的成績
出現了一個小蠻腰。這是說，高檔次層面的，總金
額不變；中層的大跌；低層的只是略跌。這樣，一
個小蠻腰就出現了。要投資於收藏品嗎？不是簡單
的學問！

推斷市場向哪方走不容易

最後談市場的接受性，牽涉到的是我曾經寫過
的財富累積的倉庫選擇。簡化一點看，這是廣東人
說的成行成市的問題。珠寶、金飾那類訊息費用不
高的藏品不論，書畫與文物這些大有鑑證困難的物
品，哪些會被市場寵愛呢？事後孔明，我們知道在
拍賣行書畫很吃香，瓷器一般，壽山石雕平平，其
他雜項不碰巧賣不起價。不久前聽到清代的金器很
吃香。

能預先知道某項的藏品會有可觀的市場接受性

當然有利可圖，例如幾年前你搶先收購清代的金器今天會是很開心的事。為什麼你沒有猜中？我沒有猜，所以不中。讓我在這裡給同學們出一個試題吧。北宋的瓷器有鈞、哥、定、官、汝這五大名窰。皆出土文物，今天不能在中國內地買賣，但總有一天會開放。同學們能猜中哪個窰會跑出嗎？經濟學可以推斷這類問題，相當準，但要花時間考查，也要懂得把訊息費用的處理與我提出的倉庫理論合併起來。

訊息費用高惹來的現象

訊息費用高的物品其市價的方差可以大得驚人。同類或差不多的物品，在不同市場其價之差可在百倍以上。懂得鑑證的專家要有相當長時日的考查投入，加上如果專家不親自收藏不容易學得好。另一方面，有了可靠的知識，這些專家喜歡秘技自珍，不會輕易地傳授外人。再一方面，有些基本上算不上是專家的，卻大言炎炎，以專家自居來提升自己的身價。總之訊息混亂，不親自拿着實物鑑察不容易學。

這就帶到拍賣行這個有趣行業。原則上，一些拍賣行的存在是為了減低難辨真假的收藏品的訊息費用。我知道他們找鑑證專家比找拍賣物品更困難。他們都有鑑證專家,是否可靠卻有不少問號。我絕不懷疑這類拍賣行初辦時一律意圖賣真貨,因為這樣才有前途,但發展下去的結果往往是另一回事。可靠的專家難找,沒有疑問的物品難求,加上有問號的作品也可以沽出,可以賺錢,拍賣行當然也會賣假貨。有大成的拍賣行懂得怎樣處理。另一方面,有些物品滿是問號的小拍賣行,其中也有專家認為是真貨的。我認識兩位專家朋友就喜歡到問號多多的小拍賣行去,以懂勝不懂,賺到錢!但這是很花時間而又要用心的工作。

造價的行為

還有另一個有趣的拍賣現象。因為拍賣行的成交價一律公開,而價高可以提升一個藝術家的身價,一些健在的藝術家喜歡造價,即是利用某些方法把自己的作品的成交價推高,是否真正成交是另一回事。一般而言,拍賣行無從約束這些行為,何況賣家造價拍賣行也照樣賺錢。是不道德的行為嗎?有趣的答案是不一定。

造價不成功的藝術家當然有;造價有中計的購買者也有。但我知道有些藝術家,以造價的方法把自己的身價造起後，此前購買了他的造價作品的終於賺了大錢。想想吧。一個藝術家把一件作品交到拍賣行去，後者估價五萬，作者要十萬底價。拍賣行說不要，藝術家擔保可拍十萬以上；拍賣行認為試試無妨，藝術家自己購回，交買賣雙方的佣金，不容易說是不道德行為。天可憐見，造價造來造去也失敗的藝術家是存在的。造價不成功作者要付大約估價百分之二十五的雙方加起來的佣金。

不同意行內之見

上述我簡略地說了我在訊息費用那方面的研究與見到的一些有趣現象，從一九七五到今天是四十一年了。有些發現與分析是寫進了《經濟解釋》中，但大部分的細節還沒有機會下筆。今天八十歲了，可能不會有機會寫出來了。當年我對他家的訊息費用的分析有些什麼不滿意呢？有三方面，我皆認為不可以接受。其一是我的好友施蒂格勒的市價變差數（即方差）理論。施兄說因市價有方差，購買者要找尋，我卻認為方差的存在是購買者找尋的結果。

其二是阿克洛夫在《檸檬市場》一文內提出的訊息不對稱理論，例舉出售舊車的車主對車的性能比購買者知得多，訊息不對稱，劣車金玉其外，害得好的舊車車主不願意一起賣出去。我認為正是因為這種不對稱才有鑑定與修理舊車的中間人在市場出現。更重要是我認為在基礎上阿克洛夫的出發點是錯了的。說訊息不對稱只不過是說訊息費用會影響行為，說了等於沒有說。如果天下的人全部是蠢才，什麼也不知，又如果天下的人全部是天才，無所不知——訊息費用的存在與不存在皆不會影響行為。說訊息不對稱只不過是說訊息費用的存在會影響行為罷了。

其三是斯賓塞提出的訊號理論。這理論說僱主聘請員工，員工花時間成本提供自己的履歷，這些履歷各各不同，工資會有別，但工資的整體不變，所以提供履歷的成本是浪費了。我認為如果一間工廠採用件工，算件數發工資就是可靠的生產力訊息，履歷的提供是為了另一些事。時間工資是不會大幅地跟件工工資分離的。

上述三位的訊息分析很大名。說他們聰明當然對，說他們的理論有趣也對。可惜他們的理論沒有通過嚴格假說驗證，違反了實證科學必須通過的一關。施蒂格勒重視驗證，但在訊息費用上他沒有做好。

思想傳世應走的路

以事實驗證一個理論的一個或多個假說往往是不困難的工作，一般有趣，而最重要是這樣寫出來的文章傳世機會遠高於任何其他經濟學文章。我恨不得自己當年能多做，選簡單有趣的入手。我曾經發表過兩篇近於舉手之勞的驗證文章，今天還有人注意，說不定傳世會逾百年。其一是一九七三年發表的《蜜蜂的神話》，前前後後我只用了三個月。其二是一九七七年發表的《優座票價為何偏低了？》，前前後後只用了兩個星期。

可惜生命就是這樣，過去了的日子不會再回頭。但我們可以回頭看。回頭看，要是四十年來我從考查訊息費用所得而一篇一篇地發表像《蜜蜂》或《票價》那個水平的文章，可以容易地獲兩掌之數。思想要傳世真的不是那麼困難，問題只是要怎樣處理而已。我是要過了從心之年，回頭看自己發表了的作品，才意識到思想傳世可以不困難。有趣的現象，得到巧妙的簡單闡釋，就仿佛是莫扎特的音樂了。

這裡我還要給同學們一個重要的提點。在驗證假說的經濟學題材上我可以信手拈來，擲葉飛花，主要是因為自一九六九年起我喜歡在街頭巷尾到處跑。我相信自己的眼睛，重視跟一個現象有關的細節。我認為最蠢的經濟學者是那些意圖解釋沒有發生過的事或沒有出現過的現象。

轉向研究出土文物

回頭說中國的藝術文化，我們古時用物品陪葬這個風俗幫助了我們今天要知道自己的已往一個大忙。用物品陪葬這回事，其他文化也有——埃及某金字塔內找到的金器確實精彩。但論到物品的變化之多，其工藝的精妙，不同時代的演進，中國有的不可思議，絕對是人類文化的光輝。

大約一九八五年，中國的改革帶來大興土木，出土文物紛紛在香港的地攤出現，再過十年盜墓的消息時有所聞。我對訊息費用的考查當時還在繼續，當然不會放過這些文物的是真是假這個問題。尤其是，北宋的汝窰瓷器當時據說舉世只有三件，價值連城，怎麼在香港的地攤幾百港元可以買到呢？想當年，汝窰的幾種變化難辨真假，我要派人到河南的汝窰產地考查。看到他買回來的說明是仿製的汝窰，我才知道香港的地攤貨不可能是現代燒成的。比起仿製，地攤貨之價低很多，且遠為細緻、精美。當時還不能肯定地攤貨是真還是假，但我意識到在物品訊息費用高的情況下，同樣是真品，其價可以有很大的差距。換言之，訊息費用奇高的物品，我們不能從市價判斷真偽或優劣。

集中收藏與集體失蹤

我當然不贊同盜墓，但文物既然出了土，我們要悉心地整理、研究，務求把自己的文化演進知得詳盡、正確一點。我要在這裡提出一個有趣的觀察：文物如果被一個或一小撮人集中地收藏起來，可以出現集體失蹤的效果，也可能集體地再出現。歐洲的繪畫天才梵高是個例子。在生時他的畫只賣了一幅出去。謝世葬禮時他的弟婦要送給來追悼的朋友，只有一兩個人要一兩幅。於是，弟婦集中地把他的作品收藏起來。後來一起展出，地動山搖！梵高的畫作很少有署名，但因為被集中地收藏了，後人學得怎樣鑑證。

在中國，藝術作品被一小撮人集中收藏的例子，我知道的有漢代的某類玉石作品，有元代宮廷燒製的青花與青花釉裡紅的瓷器，有楊玉璇的壽山石雕作品，也有林清卿的深雕石作。那大名鼎鼎的柴窯瓷，被一小撮人近於全部收藏，以致一些書本說沒有柴窯這回事！這些曾經集體失蹤的文物一律是精品，就我所知已經是那麼多，還沒有發現的應該無數。

我差不多可以肯定，在還沒有打開的武則天的乾陵之內，有無數的中國古書畫。據說唐太宗以一字千金舉國搜購了三千多幅王羲之的字，為什麼今天一幅真跡傳世也沒有？很可能全部埋在乾陵，慎重地保存着。也應該包括那今天不知值多少錢的《蘭亭集序》。我們知道高宗精於書法，而武則天是個才女。記載說高宗把《蘭亭集序》放進一個玉盒，答應太宗給他陪葬，但太宗謝世，着迷於書法的高宗怎會放手呢？又例如張旭的字。遺存到今天只有《古詩四帖》，沒有署名，只是憑董其昌說是張旭的。天曉得是不是。《古詩四帖》的確精彩絕倫，令人嚮往。武則天謝世時張旭三十歲，已經揮毫落紙如雲煙，說不定乾陵有多幅張旭的字。其他的古書畫精品應該無數。最近在江西南昌出土的海昏侯墓，內裡的有趣、精美的小金件我以前沒有見過。可能又是被一小撮人集中收藏起來了。

研究文物要按時期處理

可能是我少見多怪，但在我考查訊息費用的過程中，從古文物見到的證據跟史書上的記載有出入。不再說書畫與壽山石作，有幾種工藝作品我們要注意幾個時期。玉石作品起於六千年前的紅山文化，極盛於漢，餘不足道。重要的金屬器皿起於商的青銅，引進金與鋅的大變化見於春秋戰國，唐太宗與武則天專於黃金與黃銅，餘不足道。瓷器藝術的發揚光大起自後周的柴世宗這個天才，跟着的主要貢獻者有北宋的徽宗，元代的忽必烈，明代的憲宗，清三代的三個皇帝與乾隆養着的道士郎世寧，餘不足道。

我認為要是我們能有系統地研究今天見到的文物，中國的歷史有好些細節需要修改。我也認為在中國的大學的本科課程中，要有一科必修的中國文化藝術。是那麼精彩的已往，那麼有趣的學問，那麼值錢的知識，怎可以不多知一點呢？尤其是，當我們見到那些幾千年前炮製出來的文物，想破了腦袋也不知道憑當時的科技怎可以造出來，我們會知道自己的先天智慧了不起。

經濟學命途多舛

（本文是二〇一六年四月二十日我在寧波諾丁漢大學的講話的錄音整理。）

各位同學，一七七六年，亞當・斯密發表了《國富論》，那是非常重要的作品。他的一個重要論調，是人類的自私帶來社會的財富。這是一個非常關鍵性的論調，對經濟學的發展有很大的影響。

三種自私觀

斯密講人類的自私，他並不是假設人類天生自私，而是說他們不可以不自私。這一點很清楚的，但很少人注意到這是斯密的理論重點。他說，你靠兄弟姊妹來養你有可能，但你不可以靠別人的同情心來生存。他說人的自私是適者生存的後果，這個適者生存的後果是一個非常重要的科學發展的論點。後來那位偉大的生物學家達爾文，就是憑此提出了自然淘汰。自然淘汰被認為是人類幾千年來歷史上最重要的思維，一直流傳到今天，他的思想是源於斯密的理論。斯密說，人類自私是因為他們不可以不自私，假如人不自私，就會遭淘汰。這是斯密理論的一個偉大重點，影響了達爾文，跟着就有了一個科學的發展。到了斯密之後的李嘉圖，他沒有說人是不可以不自私的，他也不是說人是天生自私的。李嘉圖把自私變成假設，假設人是自私的。從李嘉圖開始，經濟學的發展就變成公理性的，英文叫 axiomatic。你把它叫做假設可以，叫做武斷的假設也可以，意思就是說，人類爭取利益極大化，自私是一個假設。到了一九七六年，剛好是斯密一七七六年發表《國富論》二百年後，有個叫道金斯（Richard Dawkins）的人說，人類不是為了適者生存而自私的，人類自私是因為基因的自私。他寫了一本書，一九七六年發表，是一本偉大的論著，那本書叫《自私的基因》（*The Selfish Gene*），這也是非常重要的。

三個人說的自私各有不同的看法。斯密的自私是人不能不自私，不自私就會遭淘汰，所以斯密的自私是適者生存的結果。到了李嘉圖，就發展到我這一代的新的經濟學，不管是不是自私，而是武斷假設人就是自私，這是 maximization postulate。到了道金斯，他說人類自私不是假設，也不是適者生存，而是所有生物就有自私的基因。

適者生存無法解釋人類毀滅自己

再說回來，說斯密闖禍，但我是非常佩服他，我認為歷史上最好的經濟學家是斯密。當我批評斯密的時候，你們不要以為我不喜歡斯密，我把斯密捧到天上去。但是斯密的適者生存的看法，是自私不會毀滅人類的。你想想這個邏輯，人類自私是為了適者生存，又怎會為了自私而毀滅自己呢？為了生存才自私，人類不會為了自私而毀滅自己。但是道金斯說的不同，他說人天生有自私的基因。這樣，毀滅自己絕對可能，這是很大的分別了。在斯密的時候，自私不會毀滅人類，你看《國富論》整本書，人類的演進都是向好的方面走。但現在的世界不是斯密的世界，整個二十世紀，有多少次人類要毀滅自己！二次大戰、日本人侵略、文化大革命，還有人民公社等等，很多次人類可以毀滅自己的。現在的問題，人類可能毀滅自己這點在斯密的理論裡是不容許的，他說適者生存，人類怎麼會自己毀滅自己呢？道金斯說的人是有自私基因的，自私於是可以毀滅自己。自私自利會給人類帶來好處，這點我同意，比如貿易會對社會有好處，但是自私自利可以帶來互相殘殺，會帶來欺騙，人類的自私是可以毀滅自己的，這就是問題。要怎樣去處理這個問題呢？

回看達爾文的時候，並沒有證據說很多動物種類都滅絕了，但現在我們知道很多動物都滅絕了。為什麼會滅絕呢？按道金斯的說法，如果自私是基因使然，絕對有可能毀滅自己的。如果說是適者生存，自私是不會毀滅自己的。達爾文是說適者生存，在他那個時代，沒有像現在那樣看到很多動物已經滅絕。到了道金斯，他說人是可以毀滅自己的，是基因的自私。今天，經濟學說自私是一個武斷的假設，就是你不要跟我爭論，你不要問我為什麼，人類就是自私的，可以毀滅自己。我出道沒多久，就產生了人類會毀滅自己的問題。從七十年代開始，經濟學發展得相當快，到八十年代，人類可以毀滅自己這種經濟學分析就叫做博弈理論，博弈理論就是這樣來的。博弈理論在五十年代曾經紅過一次，到了六十年代中期就銷聲匿跡了。我也學過一兩個學期，然後就沒有人理了。但是七十年代後期開始，博弈理論又回來了。

為什麼博弈理論受到重視呢？就是斯密說的自私一般會給社會帶來好處這一點，經濟學家不可以接受。經濟學家同意自私會帶來好處，也可能帶來毀滅人類的壞處。如果從自然淘汰的角度來看，很難說自私會毀滅人類，這是說不通的。假如你說的是道金斯的自私的基因，或是李嘉圖的假設，自私是可以毀滅人類的。經濟學者到二戰之後，對人類自取滅亡的傾向，是不可以否認的。我的老師赫舒拉發就研究這東西。是他教我的，我很感激他，但他教了我之後自己也跑到博弈理論那邊去了。他怎樣解釋人類會自取滅亡呢？人類會自取滅亡的傾向是相當明顯的，用斯密的架構怎樣解釋呢？

引進交易費用

我接受這個自私的假設，也接受斯密的自然淘汰，但是我用什麼方法來解釋人類滅亡呢？我引進了交易費用。我不是交易費用的創始人。科斯在一九三七年提過，一九六〇年又再提，還有很多人都提過，包括訊息費用之類的。我認為科斯處理得不好。怎樣解釋有訊息費用或有交易費用，人類可能自取滅亡？假如是斯密所說的那種自私，不引進交易費用，在邏輯上是推不出人類會自取滅亡的。到我這裡，假設人是自私的，把交易費用引進來就可以解釋。

但是怎樣把交易費用放進去呢？大家都只是說說而已，德姆塞茨也只是說說而已，他能夠解釋什麼呢？經濟學者太過關心什麼東西對社會好，什麼東西對社會不好。我怎知道什麼是好什麼是不好？假如人餓死了，我只是要知道他為什麼餓死，但他餓死是好還是不好，不關我的事。你們要很清楚經濟學到底能夠做到什麼。比如從事福利經濟學的那些人，他們解釋為什麼人會快樂，為什麼會不快樂，這是很傻的事情，但真有人從事這樣的研究，包括經濟學教授。天下蠢材無數。

博弈理論捲土重來

自私給社會帶來利益這一點是肯定的，但自私也會帶來害處，會毀滅自己。這兩方面一起出現，要怎樣處理？我知道的唯一方法就是引進交易費用，除非你走博弈理論的路線。我不走博弈理論這條路，因為我認為它無從驗證。博弈理論其實是捲土重來，六十年代起沒人理它，再回來就是我一九六八年提出的抬石頭的例子。我跟阿爾欽提出這個例子：兩個人抬石頭下山，各自抬石頭，每人每次可以抬五十斤，但是兩個人一起抬，可以抬到一百二十斤，多出二十斤。那當然是聯手抬好了，我抬一邊你抬一邊，我把力氣推到你那邊，你又把力氣推到我這邊，結果是多少斤？我們知道，結果是不會少於一百斤的，假如少於一百斤就會分開抬。但是也達不到一百二十斤，因為我推到你那邊，你也推到我這邊。那怎樣決定呢？如果兩個人合作抬，能抬一百一十斤，你怎樣決定這個數字？

我在一九六九年發表的文章提到卸責偷懶的問題，結果阿爾欽和德姆塞茨一九七二年發表了一篇文章，用卸責來推出公司理論，很紅的。我不同意那篇文章，但阿師是我的老師，我說了他不聽。跟着又提到勒索、恐嚇，跟着就是威廉姆森，整本書就是講一些抽象的術語，跟着的發展就是博弈理論，博弈理論就是說故事。經濟學應該是一門實證的科學，李嘉圖之後，跟着有馬歇爾，有羅賓遜夫人，有這些偉大的思想家，說得很清楚，經濟學應該是一門實證的科學，是可以驗證的。我提出這個抬石頭卸責的問題，我把重量推到你那邊，我就卸責偷懶了。跟着就產生恐嚇的問題，再跟着就是博弈理論。博弈理論捲土重來就是從這些開始的。

公理性才能驗證

　　說到驗證方面，你說甲的出現會導致乙的出現，假如沒有乙，就不會有甲。假如沒有乙卻有甲，那就是錯了。關鍵是甲跟乙都是能看得到的。下雨看得到，伸手出去是濕的；天上有雲，看上去就是有雲。下雨，天上有雲，假如沒有雲就不會有雨。如果沒有雲卻有雨，雲雨的假說就是錯的。現在說卸責，你怎麼知道我卸責呢？你怎麼知道我恐嚇呢？這就是一個很大的問題。所以我跟許多經濟學家有分離，他們說的無從觀察。要驗證的話，就要公理性，即是 axiomatic。經濟學有多種方法解釋，但是公理性的解釋就把社會科學中的經濟學和自然科學拉到一起了。自然科學是公理性的，數學是公理性的，但數學不能解釋，沒有驗證的。但物理學是公理性的，可以驗證。生物學是公理性，也是要驗證的。經濟學經過李嘉圖之後，在某方面是公理性的。經濟歷史不是公理性的。我不是說經濟歷史不是經濟學，但公理性的經濟學是要能夠驗證的。假如甲發生，乙跟着發生。沒有乙，就沒有甲，假如沒有乙卻有甲那就是錯的。甲和乙都要能夠看到的，看不到怎樣驗證？你說欺騙，我怎樣知道是在欺騙呢？我看到一個漂亮女人，我睜大眼睛盯着她，你怎知道我有什麼意圖呢？你不能説我看着她，就説我張五常有什麼意圖。現在的經濟學就滿是這類東西，所以我對經濟學的發展非常失望。充滿了機會主義、恐嚇、勒索、博弈、意圖等術語，我哪知道有什麼意圖呢？

不得不接受需求量

經濟學那些充滿了無從觀察的術語全都是廢物。只有一個無從觀察的術語我不能不接受，就是需求量。價格下降，需求量增加，這是需求定律。價格下降看得到，需求量是沒有這回事的，需求量是意圖的量，真實世界沒有需求量這件事，但是我不能沒有它，因為我不能沒有需求定律，所以我只好接受需求量。單是這個需求量，我研究了好多年，想出怎樣處理的方法。這個需求量我一定要處理，我能夠處理得到，就是我跟其他經濟學家的分別。僅僅一個需求量就已經弄得頭痛，還加上幾十樣東西，如勒索啊，恐嚇啊，偷懶啊，這麼多怎麼處理？你説博弈，更離譜，就是因為我在一九六九年的文章裡提到卸責這個問題，跟着我的老師阿爾欽和德姆塞茨在一九七二年寫了一篇文章，以卸責偷懶為主題，再跟着就是恐嚇勒索，跟着就是威廉姆森的機會主義，再跟着就是博弈理論捲土重來。要我來說，你可以發表博弈理論的文章，甚至可以拿到諾貝爾獎，可以升級為大教授，但對於解釋世事來說，一點用處也沒有。

石油公司的案例

我講一個真實的故事給你們聽。我很佩服的老師阿爾欽，他跟朋友三個人寫了篇文章，其中就提到勒索的問題。他們舉一個很重要的例子，說假如你去運輸石油的時候，輸油管在地下，從油田接駁到煉油廠，如果你租用輸油管，是很頭痛的，因為萬一別人突然不租給你就麻煩了，所以這個輸油管煉油廠是要自己建的，租用的話別人勒索你怎麼辦？別人不租給你你就要停工了。文章說那些輸油管一定是煉油廠自己建的，但是運油的油船就不同了，說油船可以租，這條船不行我就租另一條。所以他們的結論說，運油船是租用的，但是輸油管是自己建的，這樣就沒人能勒索到你了，你不租船給我，我可以租其他的，但是輸油管突然不租給你你就沒有辦法了。我當時是美國加州石油公司的主要顧問，我替他們處理運油的問題，我寫了兩份很厚的報告。我看到他們那篇文章，認為錯得離譜，石油公司租用油管常有，而石油公司往往自己買油船，和他們説的正相反。那我怎麽辦呢？我簽了合約，説明這些資料不可以給別人知道的，但很明顯老師和其他人合著的這篇文章，當中最重要的例子錯得一團糟。我問石油公司的人我可否把租船還是自己買船，以及租油管這些實例告訴我的老師，他們考慮後同意了。我就對我的老師説，你的文章錯了，你們説的勒索是錯的，輸油管很多時候都是租用的，但所有大的石油公司都有買自己的運油船。他們怎樣做呢？就在文章裡把這個例子刪除，其他不改，照登可也。那有什麽意思呢？那篇文章很出名的，就沒有了這個例子，但沒有了這個例子不代表就對了。

所以問題是，關於那些無從觀測的例子太多了。要驗證有雨一定要有雲，你要看到雨看到雲。原則上一定是要可以看得見的，你看不到的東西越少越好，唯一不得不接受的，對經濟學來説，就是需求量，真實世界沒有這樣東西的，但是我們不能沒有需求量，因為沒有需求量就沒有需求定律。價格下降需求量增加，經濟學的理論就這麽多了，全部經濟學的主要理論就是這一句話。假如你連需求量都不能接受，那就沒有經濟理論了。所以我一生都在處理需求量。怎樣由看不到變為看得到。

數文章準則的出現

談談自己的經驗。經濟學在我之前，馬歇爾是好的，費雪是好的，羅賓遜夫人是好的，希克斯比較一般，薩繆爾森也是一般。但是五十年代的時候，那些經濟發展的學說，一律胡說八道。到了一九六一年我畢業，六二年進了研究院，經濟學的發展有幾年是不錯的。那個時候芝加哥大學有 Stigler、Aaron Director，還有 Milton Friedman，後來有 Ronald Coase。我在加州大學的時候，有 Alchian，有 Brunner，有 Baldwin，有 Hirshleifer。那個時候是六十年代初期，是經濟學的黃金時代，是越戰之前。那個時候我們開始講驗證。可是到了越戰之後的六十年代後期七十年代初，我看着美國的教育制度垮掉。學生們要反傳統，政府無端端要打越戰，硬要拉他們去當兵。去打越南不是去享受，很多蚊子咬，天氣又熱，很不舒服的，你硬要拉他們去打仗，他們就吵起來了。洛杉磯加州大學也出了炸彈事件。我任教華盛頓大學的時候，上課時學生攔着不讓我上，有幾百個學生的，有同事還說要帶着槍去保護我。就是從那時開始要數文章。

那些年輕的教授說，老教授怎麼會厲害過我？你連數學都不懂，憑什麼比我高薪水？為什麼你有終身僱用合約，而我沒有？就亂了起來，逼着有了數文章這個準則的出現。我是很特別的，一九六九年博士後一出道，第一份正式的工作就是終身僱用合約，跟着三個月之後，在我沒有要求之下，他們投票通過升我為大教授。跟着諾斯和院長都跟我說，數文章不關你的事，你是例外，你有沒有文章都是那麼多薪水，你做什麼我們不管。所以我那時候的文章流傳到今天，都變成經典。

選走經濟解釋的路

你們要明白我為什麼要選走經濟解釋這條路。一九六七年我寫完《佃農理論》，那時候是比較有份量的經濟學者，現在再回想起來才知道，他們認為我是價格理論的第一把手，你們現在看我的《佃農理論》就知道，我證明佃農理論的分析，有經濟學在裡面，有很好的價格理論在裡面，而且我從事驗證，那是我學生時代的事情。跟着我再說合約的選擇。所以我一九六九年出道的時候，一開始就是終身僱用合約，幾個月之後就升為大教授。那個時候，同事之間認為我是價格理論最好的。一九六九年暑假我回到香港，我去跑工廠跑市場，看到的現象，我完全不知道發生什麼事，你們可以想像我那時多麼震撼。

一個物理學的本科生，你問他為什麼茶杯會掉到地下，他們能解釋給你聽。當時同事之間認為我是價格理論的第一把手，我在芝加哥大學教過高級理論，我的《佃農理論》震撼西方，但我完全不知道市場發生了什麼事，你叫我怎樣選擇？我可以選擇放棄經濟學，我不一定要靠經濟學找飯吃的。我認為經濟學一定要改革，所以我到了華大之後，知道生產函數等的經濟學全都是廢物，沒有用的，看到街邊討價還價那些現象，就想為什麼要討價還價？經濟學在什麼地方提到過討價還價？而滿街都是在講價，怎樣解釋？你說麻不麻煩呢，在激烈競爭的市場裡居然有人討價還價，這是不可能的。那時候我就考慮要不要放棄經濟學，如果不放棄就要做一點事情。我去了華盛頓大學，我對那些同事說，現在這些經濟學都是沒有用的。那時候諾斯在，巴澤爾也在，他們都知道經濟學有問題，他們一致認為要全盤革新唯一的人選就是我。以前的戴維德也是這樣說的，大家都指望我做，說起來是幾十年前的事了。我的《經濟解釋》，前年出的，有四斤重，我現在還要重新再修訂一次，還要再加長。

經濟學需要驗證

回看起來，經濟學為什麼弄得這麼棘手？我解釋給你們聽。那些無從觀察的術語太多了，這是第一點，是無從驗證的。我不是很想批評諾貝爾獎，因為我自己拿不到。物理、化學、生物學，如果要拿到諾貝爾獎，一定要驗證過的，沒有驗證就拿不了。為什麼經濟學不需要呢？假如經濟學要驗證過，除了兩三位，其他拿到過的諾貝爾獎都不值得拿。為什麼經濟學不需要驗證？你們說經濟學是不是一門實證的科學？這是公理性的（axiomatic），未必一定要驗證，但是物理學、生物學都是需要驗證的。博弈理論怎麼驗證呢？看不到怎麼驗證？比如說我看着那個女人，你怎麼知道我想入非非呢？這是無從驗證的。所以博弈理論拿了好幾個諾貝爾獎，怎麼可能呢？你們接不接受經濟學是實證科學？假如你們接受經濟學是實證科學的話，而這個實證科學是公理性的，你就要講驗證。你沒有驗證，你的理論我就不能接受，所有的科學理論都是這樣的。所以我也搞不清楚，經濟學的諾貝爾獎為什麼不講驗證。為什麼他們這樣看呢？瑞典的朋友他們不知道經濟學是一門實證科學，到現在都不知道，那我就沒話講了。

真實世界是經濟學的實驗室

第二個問題，就實證科學來說，是一定要有實驗室的。化學有實驗室，生物學有實驗室，物理學有實驗室。假如經濟學也是實證科學的話，也需要有實驗室。那實驗室就是真實世界。我絕對反對那些經濟學家在課室做什麼實驗，你相信那些實驗嗎？例如在課室給一顆糖學生看他吃不吃。你們不要笑，有人為此拿了諾貝爾獎，真有其事的，Vernon Smith 就是這樣拿到諾貝爾獎的。但是我認為真實世界才是經濟學的唯一實驗室，你們要走出去看看。我整天都在街邊走來走去，人家以為我發了神經，他們說這個大教授發了神經滿街走。我最近寫了一篇文章，叫《五常談藝術、文化與收藏》，你們有多少人看過這篇文章？你們到網上去找來看，就可以知道我在街邊走不是那麼簡單。要搞收藏就要在街邊走，要去研究訊息費用哪些高哪些低，我從一九七五年開始在街邊跑，已經四十一年了。不是開玩笑的，這樣走是划得來的，我不是只能寫得出經濟分析的文章，在收藏方面我也學了很多。最主要是收藏方面，我是替一個基金收藏，但是學到的知識都是有用的。我不是說你要像我這樣走，但是你要知道，比如我批評新《勞動合同法》，我對實際情況知道得很清楚，因為我有很多朋友開工廠的，怎麼可以推出這種法律呢？那些人自己完全沒有做過工廠。開工廠是很難的，誰搞出勞動法應該罰他去做廠。那些支持新《勞動合同法》的人，假如他們不破產你可以殺了我。所以說不可以完全不知就推出這樣的法律。真實世界經濟學家不肯去走，政府數據怎信得過？

經濟學的均衡不是事實

第三點呢？經濟學上很多理論都看不見的，這害死人。薩繆爾森的那些，從物理那裡搬過來，物理學的均衡是真有其事，把乒乓球扔地上，球在地上滾來滾去，會停下來，這是均衡。月亮繞着地球轉，有個軌道，這些都是均衡。但是經濟學的均衡完全不是事實。一九六七年我去到芝加哥大學，有位明星學生講他博士論文的偉大發現，大名家在坐，該學生口出大言。他說外面的市場如何波動，很快找到均衡點。那時芝加哥大學的幾位名教授在座，認為終於出了一個好學生。我拍案而起，説：
"你們是不是傻了，難道均衡是真事嗎？你往窗外
看看，告訴我外面什麼時候的經濟是均衡的？這些
都不是真事。你們芝加哥大學發神經，這種垃圾論
文你們還給他一個博士，這是開玩笑嗎？"這是不
愉快的事。最後，一個教數學的日本教授Hirofumi
Uzawa，很出名的，他當時在場，他説："Steven，
你對，我們錯。因為你的是經濟學，我們做的不是
經濟學。你不要發脾氣，這是另一種學問，與經濟
學無關，是做數學的。"他這樣打圓場。

複雜世界需要簡單理論

把物理上的東西搬過來，又把經濟學當物理學
來處理，都是用數學搞來搞去，概念都是物理學搬
過來的，把經濟學搞得太複雜了。世界是非常複雜
的，你用複雜的理論來解釋複雜的世界是沒有機會
的。你要相信我，世界複雜，你又跟着複雜，複雜
對複雜怎麼搞？你要解釋複雜的世事，用的理論越
簡單越好。這是很淺的道理。現在經濟學亂教一
通，理論這麼複雜，我的《經濟解釋》那本書的理
論是很淺的，但是我從簡單走到很深。同學們說看
不懂，要重複來重複去，有的人說重複的太多，有

的人說我重複得不夠，但來來去去的就是很簡單的
理論。你們想一下，世界這麼複雜，用複雜的理論
來解釋複雜的世事，當然很難成功。所以有的時候
我對同事們說，我真的搞不清楚，為什麼現在經濟
理論弄成這樣。假如我生得蠢的話，我就會覺得他
們是天才，是我不懂，可是當年我是你們說的天才
啊，卻不知道你們在說什麼，到底我的天才到哪兒
去了？那些文章我真不知道說什麼，全部是數學方
程式。我不管你的理論怎麼樣，我不管你怎麼複
雜，你只要告訴我，你只要用兩句話告訴我到底你
的理論是什麼？就像我的《佃農理論》，你問我佃
農理論是什麼，我兩句話就可以解釋給你聽，任何
事情我兩句話都可以解釋給你聽。世界複雜，用複
雜的理論解釋複雜的世界，成功的機會是零。所以
一定要用簡單的理論。

　　我的簡單理論是什麼呢？就是一條需求曲線，
沒有其他。什麼生產函數啊，彈性係數啊，全部不
要理。一條需求曲線對着鏡子看，邊際用值就變成
邊際成本。反過來看，需求曲線就變成了供給曲
線，加多幾個人進去，我用件工處理，問題就看得
清楚。複雜之處就是社會不止一個人，多人競爭就
麻煩了，涉及到競爭準則的選擇。用價錢是一個準

則,你可以用其他的準則,你就要解釋為什麼那種準則會被選擇。我在一九七四年的文章《價格管制理論》中就談了這個問題。有了準則之後,引進的競爭要複雜很多,但是要簡單處理,要把交易費用或者制度費用放進去。

座位票價的例子

我曾經寫過一篇文章,很簡單的,從調查到寄出文章我只花了兩個星期的時間。我的那篇文章講的是優座票價為何偏低。你去買票,有些貴票,有些比較便宜的票,為什麼貴的座位一定是先滿呢?差一點的位置則是遲一點才滿。當時香港的戲院分好幾種的,有樓上樓下,有些貴位置,有些便宜位置,始終都是貴價位置先滿。去聽音樂會也是這樣,好的位置一定先滿。我的解釋很簡單,如果不是貴價位先滿,那些買了便宜價位的人就會坐到貴位那邊。如果貴價位先滿,就不會出現這種跳位行為。如果我是戲院老闆,我就把貴位弄便宜一點,這樣能防止跳位的行為。你說是不是很簡單?那時香港戲院的座位分樓上樓下,樓下又分三個等級(現在沒有這種分別了)。樓上分兩種,也是不同價格。樓上的貴價位先滿,樓下最貴的位先滿。因為樓下的人不會跑到樓上去，樓上的人也不會跑下來，樓上樓下是不通的。解釋簡單，理論簡單，清清楚楚，驗證也簡單，因為樓上樓下不會互相跳位。一九七七年發表的這篇文章，今天還在，說不定一百年後還在。好的經濟學文章就是這樣的。我一九七三年發表的《蜜蜂的神話》，花了三個月時間，現在這篇文章還在，一百年後也一定還在。《佃農理論》一九六八年發表，現在差不多五十年了，還在。也是簡單，但沒有像《票價》和《蜜蜂》那麼淺。

做學問追求真理和傳世

做學問追求的是什麼呢？為的是什麼呢？我很同情內地做教授的那些老師們，這樣不行那樣又不行，寫中文又說不算，在什麼學報發表還有規定，大的學報有獎金，小的學報沒有獎金，這麼多約束怎樣能寫得出好文章來？當年是沒有人叫我寫的，我去了華大三個月就升我做正教授。諾斯親自對我說："人家都要發表文章，你不需要，不管怎樣薪水最高的就是你，你就自生自滅吧！"院長也這麼跟我說。後來我出去石油公司做顧問，賺了錢，我說不好意思再拿你們的薪水了，還給你們吧。他們説不要緊的，你去賺你的錢。推來推去，最後還給他們一半薪水。

我寫石油的文章是好的，看過的人都説非常精彩，但不准發表。石油公司跟我説得很清楚，他們説："我們是被告，需要你告訴我們是不是犯了法，我們是不是有串謀，我們要知道，你一定要説真話。"資料什麼都可以拿得到，文章寫得好，可惜不能發表。回想起香港的情況，對經濟學來説，這麼多年來一篇好文章我都沒看過。不是説你們不行，我怎麼知道你們行不行？只是你們沒有這個機會。為什麼沒有這個機會呢？政府花了很多錢的，但你又要記掛着如何寫文，要發什麼學報，換我也寫不出。你們可能是天才，但誰知道呢。有人批評説我在美國的文章不需要經過評審，所以應該不算數。我在香港被批評了無數次，誰能評審我的文章呢？我的文章一出來，人家聽到我寫文章，還沒有寫好就好幾家學報都來要。因為他們知道我這個人是不説謊的，是忠於學術的，他們知道我寫文章就是為了過癮。有時候他們説文章太長了，能不能縮短一點？我寫了一篇文章説中國的婚姻，解釋怎樣娶妾侍，怎樣紮腳，怎樣殺嬰兒，種種中國婚姻制度的問題，寫到最後的時候有一大段都是大罵功用分析的，罵得七彩。那篇文章寄去倫敦，他們說太長了，版面不夠，可不可以減少幾頁紙，我就把最後大罵的那一節去掉。文章登出來，Buchanan 大罵，說最好的一節你為什麼要去掉。所以你們要記住，做學問是為了興趣，追求的是真理，希望的是傳世。

我從沒說過自己是什麼什麼博士、教授，這些頭銜對我來說不重要。《佃農理論》是我寫的，這就夠了吧。我不是只有《佃農理論》，我有十幾篇文章都是這個水平，現在《經濟解釋》是我寫的，所以你們應該走我的路。但是現在的大學不讓你走，上面逼你要數文章。就像我當年從事攝影沙龍一樣，以前在歐洲的藝術沙龍也是這樣。你們知道梵高吧，他沒有辦法把作品交到沙龍展出。莫奈也一樣。評選沙龍的那些作品都是賣弄技術，沒有深度。當年進不去的那些人的作品，現在動不動賣幾千萬美金。現在國家逼你們寫那些文章，好比那些沙龍作品，你們想的是評審員喜歡哪類文章。文章是我寫的，我喜歡就可以了，關你評審員什麼事？英國有皇家沙龍，法國有皇家沙龍，當年的沙龍名家沒有一個行的。英國的大師 Turner，開飯都不夠錢，他一生畫了七千張畫，現在一張作品拿出來二千萬美元算是便宜了。他沒有可能入選過沙龍的。你們現在就是被迫跑沙龍，這樣是沒得救的。很多人批評張五常沒有一篇文章在《美國經濟學報》發表過，我的那篇《蜜蜂的神話》是他們寫信來求我的，我說我不是給你的，我是寫給科斯的。有什麼關係，你的文章只要有分量，寫完之後，在地上挖個洞，埋到三尺之下都會被人再挖出來。你的文章沒有分量，在哪裡發表都是垃圾！

釜底抽薪可使人民幣止跌

二〇一六年十一月三十日

　　這些日子人民幣匯率的走勢不妙。在國際媒體與一些什麼投資專家的不斷推測下，其幣值持續下跌逾一年了。這有持續性的逐步下跌對中國的經濟不利，因為促長了人民幣有不斷下跌的預期，投資者不會樂意把資金注入中國。另一方面，為了規避風險，在內地持有人民幣的，會偏於按官價兌換外幣，匯到香港或其他地方去。換言之，人民幣有了目前的持續性的下跌預期，對經濟的發展不利。

　　在這不幸的發展中我察覺到兩項不尋常的現象。其一是今天的中國內地基本上沒有通脹，有些地方甚至有通縮。沒有通脹，幣值不斷下跌顯然不是因為貨幣的購買力減弱，而是源於一些預期的變動。我們不容易指出這些預期是些什麼。其二是我注意到一些地下錢莊，匯為量不大的錢到香港需要等待幾天，據說是因為香港變得不容易找人民幣的買家。為了考查中國的經濟發展，我斷斷續續地跟進了這些地下錢莊的運作數十年。這些運作北京上頭當然知得清楚。地下錢莊的活動主要是協助小生意的運作，一般的情況對經濟的發展有利。歷來的情況，是這些錢莊把人民幣兌港元匯出去，款項不大的，其速度甚高，但近來卻要等幾天。

我的理解，是小款匯出要用上幾天可不是因為政府的干預，而是不容易找到買家。更為奇怪是終於成交的匯價可不是什麼黑市匯率，而是官價。這跟二十多年前人民幣有弱勢時地下出現的黑市匯率不同。我的解釋是黑市匯率的釐定要通過市場的訊息與交易費用的運作才出現，而今天還沒有釐定官價之外的黑市價。按官價成交，地下的仁兄要找人民幣的買家就要多找一兩天了。這也可見人民幣的國際幣值，在我執筆時的今天，還算不上是有偏高的好證據。

如果人民幣的國際幣值真的是偏高，需要下跌，北京要讓之下跌，但不要一點一點地跌，因為後者會促成不良的預期。然而，上文可見，我們看不到人民幣有偏高的證據。既沒有通脹，也沒有黑市匯率的出現，有的是中國的經濟前景不好，加上外間眾說紛紜，炒家們落井下石。北京的朋友處理經濟的方法使好些做生意的人失望。不要算我在內：我只是個學者，無足輕重。

市場預期這回事，經濟學者歷來說的多，懂的少。我不例外。如果人民幣今天的跌勢只是源於市場的預期，我倒可以建議一些止跌的有效方案。這方案有四項可以協助的準備，然後來一招簡單的釜底抽薪。

先談四項準備吧。

一、撤銷新《勞動合同法》。這項我建議過多次，而幾個月前也聽到北京打算撤銷或修改。不要修改，要撤銷。這撤銷當然不能立刻執行，但北京要儘早公佈決定何時撤銷。這會阻慢投資者轉向印度或越南等地設廠的速度。我們不應該反對內資轉向外地賺錢，但為恐人民幣繼續下跌而急於把資金外撤是不應該鼓勵的。撤銷新《勞動合同法》也會鼓勵外資進入中國。我們要知道外資多進口一元會遠比中國貨多出口一元，對人民幣的幣值支持為大，因為一元外資進口會促使同一投資者繼續帶進外資。

二、撤銷反壟斷法。對外資而言，此法是他們的大忌。我曾經是美國的反托拉斯專家，知道很難找到該法例對經濟有好處的案例。壟斷對經濟發展的禍害主要是政府主導或支持着的壟斷，這類壟斷今天的中國多得很，可惜反壟斷的法例卻反不着——只許州官放火不許百姓點燈！撤銷反壟斷法會鼓勵外資的引進，尤其是那些持有發明專利的外資企業。

三、撤銷房產的限購。這會鼓勵資金留在內地，從而減弱內資外移的意向。如果有關當局認為樓價過高，增加興建樓房的土地與樓房供應才是可取的方法，或多建公路、地鐵等交通設施，讓城市居民擴散開去。換言之，要挽留人民幣在內地，限購房產有相反的效果。

四、讓利率自由浮動。幾年前北京公佈過這決定，但今天看顯然沒有真的執行。長遠一點看，一個無錨的貨幣制度不可以真的讓利率自由浮動，因為這制度久不久要調校利率來調控經濟。然而，在目前，利率浮動上升會減低人民幣下降的壓力。我多次建議的以一籃子物品的價格指數作為人民幣之錨，要放棄調控利率。但今天人民幣有弱勢，不宜引進我建議的。如果幾年前引進我建議的貨幣守錨制度，人民幣不會出現今天的麻煩。目前看，人民幣要轉弱為強，不需要太多的外匯儲備維護幣值，才可以安全地引進我建議的下錨制度。

　　有了上述的四項準備，北京就來一招簡單的釜底抽薪！這是略為減少人民幣鈔票的發行量。不要管其他的貨幣量，只管鈔票。這是最易執行的貨幣政策，而且力道甚強。央行的朋友對鈔票的數量當然有足夠的掌握，至於應否減低鈔票的總量還是只減低鈔票量的增加速度，他們可以選擇。我認為減低鈔票的總量可能需要。要記着，調控鈔票量對幣值的影響力甚強，有道的經濟學者知道，而香港採用的鈔票局的經驗也支持着這一點——那是一九八四年的經驗，我為當時的財政司彭勵治跟進過。我無從判斷今天人民幣可以或應該考慮的釜底抽薪——抽起一些鈔票量——要抽多少，但央行的朋友可以逐步嘗試。另一方面，我認為人民幣目前的困難不嚴重，北京還不需要學香港當年，大放外幣在內地通用。

　　就算北京的朋友完全不管我在上文提出的四項準備，減低人民幣的鈔票發行量對人民幣的國際匯值也一定有助。加上那四項則更為容易，甚至可能不需要釜底抽薪。沒有通脹，人民幣匯值下跌的處理應該是難度不高的。只是不斷地下跌帶來的預期對經濟不利，要處理。

從科學角度看經濟學的災難

（本文是我二〇一七年五月二十日在深圳講話的
錄音整理稿。）

　　各位同學，今年我八十一歲，按中國算法是八
十二了。二十四歲讀大學本科，第一年學經濟，是
五十七年前。我做經濟研究全憑自己興趣做的。最
近用了一年時間重新大修《經濟解釋》。十幾年前
是三卷，後來變成了四卷，現在大修變成五卷。修
到最後的時候，知道自己在學術上走到盡頭了。

　　科斯超過一百歲還一直在做研究，我認為自己
到八十一不要再做了。主要的原因是雖然智力和想
像力都沒有下跌，但短暫的記憶力跌得快。早上想
到的東西，下午就忘記了。三歲小孩時的事情我記
得很清楚，但早上想的，兩小時後就不記得了。想
到的東西，我馬上用紙記下，但到了下午紙在哪裡
也找不到了。我聽說這是老人家的症狀，每個人都
有這個問題。所以我想改完這次不再做了，轉做其

他事情，還有很多事情要做的。我現在還擔心的，是以前很多大師寫的文章和書，不斷修改，未必是改好了，可能改壞了。這次我重新再改，因為短暫記憶保存不了，我擔心改壞了，一年多時間不斷寄文稿給朋友們看，只是問一句話。我說你們不要客氣，要跟我說清楚有沒有改進。他們都說改進了。最近五卷完成，交了出去。

追求文章傳世

至於為何要這樣做，絕對不是為了錢。我出去做事隨時可以找到更多錢。你說做學術研究是為了什麼呢？對我來說也不是為了名。當年博士畢業的時候，因為我是外國學生，拿博士文憑要給五十美元。我說要給五十元我就不要了。一紙博士哪裡值五十元呢！我說不要，掉頭就走，校務主任——教過我的，叫史高維爾，對我影響很大的——他追了出來，說張五常你博士不要但我一定要你拿，我聽過你的博士論文，你出不了錢我幫你出。我就不好意思不要了，給了五十元。

老實說，文憑有什麼用呢？除了給學生寫介紹信，我從不說自己是什麼博士、教授。對我來說，一篇好的文章重要。我的觀點很多朋友看法一樣，但不是那麼容易寫出一篇好文章。有些人寫了很多，但是文章寫完，三五十年後還有人記得就不錯了。我就是這樣，很怪的脾性，你問我追求什麼，很坦白地說，我追求的是文章傳世。頭銜可以不要，金錢可以不要，但我很辛苦寫出來的文章，不是為了升職，不是為了你們讚揚，我希望我的文章一百年後還有人看到。

現在看來，文章傳世五十年沒問題。不是很多人能說這句話的，他們不知道這是很困難的事。有個在瑞典處理過諾貝爾經濟學獎很多年的朋友（當然現在不處理了），大約十年前我問他，你們的諾貝爾獎提到那麼多篇文章，給了那麼多人，除了科斯的兩篇文章，還有哪篇可以傳世五十年？他想了一個小時，一篇也說不出來。我自己呢？客觀看自己（當然，自己看自己客觀是不可能的），我認為機會不會比科斯差。證據是一九六九年我在芝加哥大學出版的《佃農理論》，賣五美元一本，現在網上用過的叫價八百，新的賣兩千。你想想，這些人不會花八百美元買本書回來丟掉的。我的思想不傳世，這書也會傳世。

這是很特別的現象，不管你怎樣批評，我的文章就是死不了！很多文章曾經大紅大紫，比我的出名多了，但隔幾年沒人理了。我的文章從來沒有大紅大紫，但死不了。我寫蜜蜂、中國的婚姻，寫中國、佃農理論，都還在。現在美國大名大學的學生，不會讀我的文章，因為他們要讀自己教授寫的。但是那些次等一些的大學，教授寫不了的，學生們都讀我的文章，這就增加了傳世的機會。幾年前在美國俄勒岡州，他們編的讀物表，五十一篇文章，有九篇是我的。這就是傳世的機會。回看這些方面，自己是感到比較滿意的。不是那麼容易，也不是很困難。傳世的文章，要有點新意，要說真理，總要有點趣味性，才有持久的能力。很多大紅大紫的文章，經不起時間的考驗。時間是很無情的。當年我寫完《佃農理論》，第一篇文章發表的時候，說我錯的人無數，編輯問我要不要回應，我說不回應。為何要回應呢？文章是自己的思想，交出去後收不回來的，它們有自己的生命，我不能干預。批評我的人不知去哪裡了，我的《佃農理論》還在。我可以這樣說，從今天到永遠，提到分成合約，你不能不說張五常。就這麼簡單。

事實上我也是幸運的。很多年前，在美國，他們談到一位經濟學者的創作高峰期。從作品來看，一個學者往往沒有高峰期，很多文章根本沒峰，有一個峰已經不錯了。如果有兩個峰，那是很少有的例子。芝加哥大學的施蒂格勒追查歷史，有兩個峰的，第一個峰和第二個峰的時間間隔會是多長了？科斯是很特別的例子，他一九三七一個峰，一九六〇年又一個，相距二十三年，當時同事們認為是奇跡。我的《佃農理論》應該是一個峰，那是一九六七年，我認為剛修改完的《經濟解釋》也是，能歷久傳世是沒問題的，這是二〇一七年，相隔了五十年。

真實世界是經濟學的實驗室

我認為在這點上我比科斯幸運。為什麼呢？我有一個簡單的解釋，我從來不認為我比科斯聰明，當然也不讓他比我厲害，他對我影響很大，為何我能相隔五十年呢？理由很簡單，他們只見到一個世界，而我見到了兩個。

一九八二年我回到香港，是在美國做教授最紅的時候回來的。跟進中國的改革，得到的啟發完全是另一回事。小時候我在廣西逃難，經過饑荒日子，在農村跑來跑去，得到的經驗很多人沒有的。農村的經驗讓我在寫《佃農理論》第八章時，分析農業的資料，無論是阿爾欽還是林毅夫的老師 Gale

Johnson，他們都說找不到寫佃農更精彩的。你們去看我的《佃農理論》第八章，我把資料都給你，你寫給我看看？你怎也寫不出來！我為何能寫出來？因為饑荒時候我在農地奔走，我知道菜是怎樣種的，我知道茄子是怎樣種的，當我看到數據時，一張張圖畫在腦海流轉，仿佛再走一次農村。我寫佃農時，推斷是完整的，如有神助。老師阿爾欽當年看到第八章，拍案叫絕，奔走相告。後來我到芝加哥大學，他們看到這一章，以為我是世界第一把手的頂級農業專家，讓我去教一科農業經濟。教得一團糟！怎不會一團糟呢？中國廣西的農業經驗，是不可能教西方學生農業經濟的。

真實世界是經濟學者的唯一實驗室。我到處跑，到處看，回到香港後，很多人非議，説我不務正業，放棄了學術。到今天還有人這樣説。如果我不是到處跑，怎能寫出現在的《經濟解釋》五卷呢？裡頭到處是實例。我不只是到處跑、到處觀察那麼簡單，我還做很多項目的小投資。這裡一點那裡一點，拿到的資料可靠。有幾家工廠，我給電話他們，問工人情況如何，他們一定要對我説實話，因為我在那有投資。

另一個例子，二〇〇八年我出版了一本書叫

《中國的經濟制度》，這本書也會傳世很多年的。你看我這本書，跟官方說的中國經濟制度完全是兩回事。我從來不看官方文件，不是不信他們，而是很容易被誤導。我跟地方政府官員喝酒、聊天，左問右問，看他們工廠的困難，問他們污水、電力怎處理，成本如何，賣不出又怎樣。我寫《中國的經濟制度》這書，中國的朋友給我幫忙很大。我給電話地區幹部他們馬上飛過來，還要自己出錢。我的書寫完給他們看，他們說哎呀原來我們的制度是這樣的，他們是"不識廬山真面目，只緣身在此山中"。我到處跑，做小投資，回到香港被批評為放棄了學術，批評得很厲害。你要批評我就給篇文章我看！你文章拿不出來，不要管我做什麼。我的文章還在，寫蜜蜂、座位票價、中國婚姻，每篇都在。這個歷程是不容易的。

你想知道真實世界，但人不在真實世界怎會知道？經濟學是一門實證科學，任何實證科學都需要有實驗室的，化學有，生物有，物理有，而經濟學的實驗室在哪裡呢？世界是經濟學唯一實驗室。很多人弄了不少模型，沒什麼用。你要出去到處看。我看得多，看得快。我欣賞馬歇爾，他跑工廠好幾年才寫下他的名著。但我認為他低能。我很敬仰馬歇爾，為何認為他低能？為什麼跑了幾年工廠而不知道合約怎麼安排呢？我很敬仰科斯，我也知道他跑廠，但認為他太慢了。很多細節可以不管就不管。我認為他慢、我快。

我在世界實驗室操作的行為，竟然被香港的經濟學同事批評。這是經濟學的災難。你看那些統計分析、回歸分析，發表那些文章，不知所云，不是真實世界，代表着什麼呢？都是廢物。我寫的是真實世界。很多年前我也做過回歸分析，比較可靠的數據很少有。那些回歸統計算什麼學問呢？把數據擺在計算機裡，撥弄一通弄出一篇似模似樣的文章，那不是真正學問。

我對經濟學發展感到悲觀

大約在一九七五年左右，我開始對經濟學的發展不滿意。我在一個會議上評論一篇文章，拍案大罵，說這樣的垃圾怎能算學問呢。我說完之後全場震驚，科斯在場，拉我到一旁說你客氣一點啊。我那時候就對科斯說經濟學這樣走向是不對的。科斯到去世前十幾年，他也批評得很厲害了。現在我的看法，是可能有很多種經濟學，用途不同，我認為是垃圾的，可能有人認為很好。我知道我自己為什麼不喜歡，認為是災難，科斯最後十幾年也這樣認為，但是他說是災難的原因和我說的原因不盡相同。他認為經濟學的災難是和真實世界脫了節，是黑板經濟學，所以他反對。我反對的理由，是現在的經濟學完全無從驗證。所謂的驗證不是真的驗證，完全沒有解釋能力。科斯希望好的經濟學能夠在中國搞起來。希望歸希望，他的希望我當然支持。但是他又希望我張五常一個人把它搞起來，我說不是那麼容易的事。我認為已盡己所能，最後把《經濟解釋》修改一次，可以做的已經做到盡頭了。

對經濟學看得悲觀，是我個人的看法，不代表經濟學家們的看法。我的老師赫舒拉發不這樣看，他認為現在經濟學走的路有不少好的地方，我卻認為大部分是垃圾。看法不一樣，到了我這樣的年紀你說好就好吧，那是你的觀點。我認為不好，是我個人的看法。說我的看法時，要從頭說起。我走經濟學發展的路線，怎會得到今天的結論？

入學超齡有運程

要知道我到了二十四歲才讀大學一年級，在中學幾乎沒升過級。但讀大學之前我做過生意，逃過難，挨過饑荒日子。這些經驗對我以後的經濟學是有用的。當然對中學讀得好的學生可能更有用。一九五九年我二十四歲在美國加州讀本科，從那時開始，遇到的運程際遇沒有其他人比我更好。簡直不能相信，整個二十世紀後半期的經濟學大師，我差不多全認識，大部分是朋友，樂意教我的無數。我在西雅圖時，那些經濟學大師飛到了西雅圖，一定要找我聊聊。我到加州大學讀本科一年級，當然要趕，英文也不懂，要拼命，但這是我唯一機會。因為我超齡了，所以不看成績直接錄取了我。二十四歲進去兩年後，一九六一年我拿學士，六二年拿碩士。跟着我做了個最好的、天才的決策：我是全盤4.0成績的人，隨時可以考博士試，六二年底可以考博士試，我決定不考，而是等阿爾欽從斯坦福回來。我聽他的課，學他的經濟學，要考他的試，要考他出的題目。我隨時可以考的，要考了試才能寫博士論文的。我決定不考，後來隔了三年才考，四個筆試別人分兩年考的，我一個星期就考完了。等阿師回來，旁聽他的課，是我當年最好的決定。

那兩三年時間我到處聽課，在圖書館和同學們爭論，花了幾年，學了很多。而其中一件今天看起來不大可能的事，二十世紀的邏輯哲學大師卡爾納

普，這樣一位大師，竟然在 UCLA 教本科一年級邏
輯學。怎可想像呢？人人都知道他的，二十世紀最
厲害的就是他，他卻去教本科一年級。他一上課，
我們就爭着去搶位置。我們幾個同學坐一起，辯論
科學方法，辯論什麼是驗證和如何驗證。當時弗里
德曼已經發表了他的科學方法論，我個人認為，弗
里德曼不到家，薩繆爾森不到家。我這邊偷聽卡爾
納普的課，那邊又在本系裡跟阿爾欽學，受到科學
方法論的訓練，後來我在《經濟解釋》就寫了《科
學的方法》。後來我跟老師阿爾欽是有分歧的，分
歧很多年了。後來有人告訴我，他去世前幾年知道
自己是錯的。分歧是觀察上的問題，你要驗證一個
假説，説甲發生，乙會跟着發生。跟着的推理中學
生也知道。沒有乙就沒有甲，如果沒有乙但有甲，
假説就被推翻了。但驗證的時候甲和乙要真有其
事，一定要能看得到。這是很關鍵的問題。弗里德
曼不知道，阿爾欽也不知，後來他才知道。我不明
白為何他們會爭來吵去。

不管效用，處理需求量

現在回到經濟學理論問題。效用（功用，英文
稱 utility）理論我完全不用。貝克爾用，他常讚

我，但說我錯。我也讚他，但說他的看法多餘。我說功用是沒有的，不是不可以處理效用，可以不用則不用。說到需求定律，世界上沒有需求曲線這東西，那是經濟學者的想像。需求定律說價格和需求量的關係，價格變動，需求量怎麼變。價格是事實，看得到的，但需求量是意圖的需求，原則上是沒有的，看不到的。但需求定律不能不用。世界上沒有需求量這回事，沒有經濟學家就沒有需求曲線。效用、功用我可以不要，那些空中樓閣的術語我都可以不要，但需求量不能不要。需求量不是真有其物，經濟學如威廉姆森、博弈理論說的那些，不知所云，講的是看不到的東西，將沒有的東西帶到驗證去。你說甲出現則乙會出現，甲和乙要看得到。但現在需求量是看不到，也就是說最重要的需求定律本身不能驗證。你要驗證，一定要想辦法處理需求量看不到的問題。後來我想了辦法處理。單為這一個需求量看不到我花了很多年，何必去弄那些看不到的效用或功用呢？

天才作品沒有驗證

在等阿爾欽回來那幾年，我走自己的路，把科學方法論弄明白，還思考其他問題。我到處旁聽，在圖書館看書，學很多東西，忙得不得了。還沒考博士試就想論文怎樣寫。我問阿爾欽論文怎寫，他說是你要寫論文，不是我寫，你不要問我，你要問自己。他教得好，逼我自己想。我又去問赫舒拉發，他說你到圖書館去，找出名的那些博士論文，看別人怎麼寫。我就去看了，找薩繆爾森的 foundation 講數學的書（按：*Foundations of Economic Analysis*），找費雪說等優曲線的論文（按：*Mathematical Investigations in the Theory of Value and Prices*），還有奈特、Abba Lerner 等人的四五本論文看。得到一個結論：天才的作品，基本上不及格。為什麼不及格呢？理論寫得漂亮，但驗證在哪裡呢？經濟學不是實證科學嗎？不是要談假說與驗證麼？薩繆爾森寫 foundation 的書很重要，基本都是數學，驗證是零。還有費雪是天才，寫等優曲線，驗證也是零。這就是問題了，在 UCLA 天天說驗證，從早到晚說，阿爾欽講驗證，布魯納、鮑特文講，弗里德曼也說，但看那些論文，驗證在哪裡呢？唯一對我有點影響的，是弗里德曼一九五七年發表的《消費函數理論》，裡面有驗證。這本書好，是唯一的。其他的光說不做。對我來說，寫論文一定要驗證，《佃農理論》從頭到尾都是驗證，還有寫蜜蜂、中國的婚姻等文章，每一篇都是驗證。經濟學不應僅是說說而已。

兩件錯事

一九六九年，我要出去找工作，去了西雅圖華大，莫名其妙，去了三個月他們就無端端升了我做正教授，我可沒要求的。他們要升，我不會不給他們升。升我同時，系主任諾斯（後來諾獎得主），還有院長貝克曼，兩人都對我說，你做什麼都可以，希望你教學多點，但不教也行；做研究可以，不做也可以；你要發表文章可以，不發表也可以！人家要發表，與你無關。完全不能想像的，所以當年我一點壓力都沒有，全是為了自己過癮而寫！看看現在的大學，替他們的老師可憐，怎能寫出好文章呢？都是被迫數文章數量升級的。我出來第一份工作，他們說得清楚，張五常你不要擔心薪水，你要從事自己的思想，寫不寫文章都可以。別人做什麼是他們的事。

我做錯了兩件事，第一件是見到有那麼大的方便，我雄心勃勃，去從事研究發明專利和商業秘密的租用合約，這是大錯！美國的科學研究基金，見我申請，給我很多錢要我研究，我動用這筆錢去買了幾百份合約回來，很貴買回來的。科斯很多年後要我去買，我説已經買了。那些包括商業秘密租用、發明專利的種種合約，我都買了回來，一個大櫃子那麼多，還有錢請了一隊助手，但我得到的收穫是零。因為我完全不知道合約説什麼，發明專利是很專業的，不知他們説什麼。如果請專家和律師是很貴的。我做研究是殺氣騰騰的，一隊人跟着我，但卻碰到了銅牆鐵壁。至於發明專利與商業秘密最重要幾篇文章都是我那裡出的，但是太疲勞了。不是説沒有理論，而是弄不清楚那些文件，不是經濟學家能處理的。你們不妨去拿那些發明專利合約看看，是弄不明白説什麼的。這決定浪費了我的時間。

第二個失敗，是我替石油公司做顧問。一九七六年，幾家大公司一起找我做顧問，我接的是美國加州標準石油公司。資料什麼都有，絕對可靠，我也去油田現場參觀。他們説，我們要你做研究，你要多少錢我們給，但是不得到我們允許不可以發表。有人認為我們的石油協議是串謀，我們想知道到底是不是，你不要騙我，説實話即可，你不需要上庭作證，你只需要告訴我們是不是即可。很精彩，我一出聲，他們就用飛機送我到處去看。整個車房都放滿了資料。我寫了兩個報告，他們説是最好的寫石油的報告。阿爾欽看後，説沒見過寫得更好的。但問題是文章不能發表，合約有規定的。學校的人知道我的東西不能發表，但説沒見過這麼好的，所以不反對我做下去。我對學校説你們不用給我們薪水，大學堅持給我，最後我只拿了一半，減少了教學的時間。也許時間久了這報告會給我發表，看過報告的人都説從來沒看過那麼精彩的。這也花了我不少時間。跟着我回到香港，跟進中國，為中國寫了很多文章。你看我的《賣桔者言》、《中國的前途》、《再論中國》、《中國的經濟制度》等，至於學術上怎麼看，將來歷史會有評價。

解釋與推斷

回頭説經濟學的災難。我罵得那樣厲害，那麼經濟學的真諦應該是什麼？"解釋"一詞有好幾種意思。一個小孩子逃學，媽媽問他為什麼逃學，這孩子聰明又誠實，作了解釋。這也是解釋，他沒騙人。但他的解釋通常是一些特殊解釋，不能一般性地引申到其他行為上去。風水先生看風水是一種解釋，好多人相信。看風水是值錢的，這個行業幾千年前存在，幾千年後的現在還存在。你信不信他們的解釋呢？你買股票，市場有圖表派，什麼三角什麼頂等,很多術語,我稱股市的圖表派為風水派,他們其實是看風水的,他們的存在當然沒風水先生那麼久,但股市有多少年,圖表派就存在了多少年。

這些不是我認為經濟學要解釋的內容,雖然現在從事經濟學的有人走這條路。小孩子逃學的解釋,圖表的解釋,沒有一般性。好的歷史學家我是很佩服的,他們對史實的解釋做得很詳盡,但是他們不能事前推斷。一九八一年,我寫了本小書,八二年發表,題目是英國撒切爾夫人辦公室指定的:《中國會走向資本主義的道路嗎?》,也就是問中國會不會走市場經濟的路。我從事一年研究後,答案是會,肯定會。歷史學家的學問不可以用邏輯去推斷將來會怎樣,我在一九八一年寫好、八二年發表的書肯定地推斷中國會走向市場經濟,我簽了名上去,我以經濟理論推斷會。很簡單的,牛頓說蘋果離開樹枝,會掉到地上,你敢跟他賭麼?這是事前的推斷,事後也可以解釋。你不敢跟他賭!他既是解釋萬有引力的理論,又是推斷。我寫的推斷中國會走的路,既是解釋,也是推斷。

解釋的學問,無論你做得多好,未必可以事前推斷。歷史學家再好,未必可以推斷。自然科學上，物理、生物、化學，可以事後解釋，也可以事前推斷。這是很重要的分別。為什麼這樣呢？主要是這些所謂自然科學是公理性的，英文叫 axiomatic，有的概念是定義性（definitional）。我所學的經濟學，由斯密到李嘉圖到密爾，這條經濟學的路是公理性的。是 axiomatic 的理論，既可以解釋，也可以推斷。我就是用這種方法推斷為什麼中國會走上市場經濟的路。薩繆爾森把經濟學說得那麼重要，他不明白經濟學是唯一可以事前推斷的社會科學。事後解釋人人都會，小孩子逃學也會。經濟學可以事前推斷，是因為它是公理性的。現在的經濟學者不相信是另外一回事，我信是因為我做過很多次。

舉個例，幾十年前我提出的，現在美國很多人採用。在一條遊人如鯽的路上，你放一百元鈔票在地上，那鈔票會消失。你事後可以解釋，鈔票消失是因為有人偷了。值錢東西怎會不給人拿走？這是解釋。但你也可以事前推斷，我把鈔票擺在那裡，沒有風吹，沒有警察，鈔票會消失。這是事前推斷，還沒有出現的現象可以推斷。

經濟學有三項基礎，都是公理性或定義性的。就這三點，解釋鈔票為何消失。第一點是需求定律：價格或代價下降，需求量會增加。例如沒有公安在場，那張鈔票會消失得快一點。因為沒公安在場，代價減少，會被人拾走。這第一點就是大名鼎鼎不可或缺的需求定律，沒了它不行。第二點：成本是最高的代價。什麼意思呢？例如你趕着去和女朋友約會，拾取鈔票的機會就會減少。成本是最高的代價。你想着女孩等你，錢就不管了。第三點是競爭的含意。也就是説，鈔票面額越大，搶的人越多，大到可以打起架來。你如果問我，張教授你發神經啊，這還用得着經濟學解釋麼？任何人都知道，小孩子也懂啊。這種推斷解釋人人皆知，為什麼弄三個大道理出來？我的回答，是你説得對，鈔票失蹤的例子是小題大做，但同樣是這三個公理，可以解釋人類的所有行為。就憑這三條！你説經濟學厲害不厲害？我當年解釋中國會走向市場經濟也是用這三點。

可以再複雜一點，引進交易費用，那張鈔票可能不會失蹤。很多地方因為有道德倫理的引進，有路不拾遺這回事，這是很複雜的。那不是套套邏輯，有些條件處理得好，就這麼回事。剛才説的幾個公理很淺，是小題大做，但你想想就這麼簡單的公理可以解釋人類的所有行為，是很恐怖的事，有很大的威力。經濟學就是這麼多。現在的問題是今天的大學弄得一團糟，他們不教這些東西。我問美國大學那些同學，他們說需求定律畫一條線就算了，裡面內容完全不教，成本概念只念一個定義，其中的變化一點不懂，租值消散聽也沒聽過，交易費用只是講講而已。當年我學需求定律，老師阿爾欽教需求定律，不用圖表，不用方程式，走來走去講了十五堂課。我現在去講，可以講三十堂。

成本的概念，當年我認為科斯最好，後來認為他還不夠好。我研究了幾十年了，引進租值消散、交易費用，是幾十年的工夫。還有競爭的含意，合約的關係，什麼叫約束競爭。我不是要學生走得那麼遠，而是看不過眼現在完全不教最基本的。博弈理論我不知道是什麼理論。他們對概念完全沒有掌握，他們的驗證是風水派的。這是問題所在，是災難。

文章不需評審

當年去到西雅圖華大的時候，因為越戰的關係，那些學生反權威，反得很厲害。因為捉他去當兵，他不去不行。吵得很厲害。年輕老師說大教授們連數學也不會，憑什麼薪水比他們高？最後就變成要算文章，算來算去，亂七八糟。當年我不止有特殊的不數文章的優待，我的文章從來沒有經過真正的評審。很多人批評說，張五常的文章不經過評審不算數。他們不明白，包括科斯，很多人都說，張五常的文章不能改。當年我寫了文章，他們馬上要。你想想裡頭的困難，我花了整年寫一篇文章，寫了二十多頁。那些評審員通常是大學研究生，做我學生都沒資格，他們看了兩個小時，寫封信來要你修改幾十處。發神經！

我的文章給 Robert Clower，本來規定要評審的，他交給評審員，說是張五常寄來的，就要刊登，不能改。我在科斯的學報發表過六七篇文章，他只改過一句話。只有一篇，在英國經濟學報，我談中國婚姻的，談怎樣娶妾侍，怎樣紮腳、拜神，怎樣排隊分豬肉等，在文章最後，我批評那些效用分析，批評得厲害。他們說文章我們要，但文章太長，可不可以減短一點？我就把最後一段的那一頁撕掉，發表了之後，布坎南和塔洛克破口大罵，說你整篇文章最好的就是最後那頁，為何去掉了？我找不回來了。那文章還在。其他的文章沒人改過。

我回到香港就被批評，說張五常的文章不一定好，因為沒有通過評審。真是發神經。那些評審的不是什麼大師，通常是研究生，還不是好的研究生，勤力一點的研究生讀書去了，哪有時間去評審。經濟學和其他自然科學不一樣的，自然科學很准的，實驗做得好就可以了。所以你說現在的經濟學是好的經濟學，我不跟你吵，經濟學有很多種，他們那種我一點興趣也沒有，解釋能力是零，推斷能力是零，怎麼回頭呢？學校制度如此，現在唯一能做的是盡我所能。

解釋世事與賺錢之道

成本的概念，需求定律的分析，競爭的含意，就這三項，我的《經濟解釋》五卷說完再說，重複來重複去，是同學們要求的。那是不是說其他經濟學就不是經濟學呢？我沒這樣說。那些方程式、回歸分析，可以拿來升職，可以去金融機構做事寫報告，可能比我的值錢。

最後的問題，可能有很大爭議。我的解釋世事能幫你賺錢嗎？很多人想知道。很難說，有些人賺錢很厲害，不用識字。如同我的媽媽，沒讀過書，不識字，投資比我厲害。沒話可說。有些人是有這樣的感受。現在的問題，像我這樣讀過經濟的，多了什麼呢？我投資輸錢我知道為什麼，賺錢也知道,是不是幸運我也知道。這是第一點。第二點,能幫得到的,你想做任何投資,資料任你拿,你要拿哪些數據?我知道。哪些有關係哪些沒關係,我知道。

為了研究訊息費用問題,從一九七五年開始我搞收藏。我對收藏市場知道得很清楚。是不是能幫你賺到錢呢?賺到錢是事實,但有時間性,從那時候開始收藏沒理由賺不到錢。我只能告訴你,現在的拍賣市場收藏品價格是正在下跌的。該怎樣做呢?我繼續買。如果我沒有信心,如果我不是調查了那麼多年,我不會繼續買。市場下跌為何會繼續買呢?我認為我所知的有幫助。有幫助不表示你賺錢有過人之處,有些人天生有賺錢的本領。如果你的感受只是一般,經濟學是有幫助的,起碼在資料的組合上是有幫助的。我可以很清楚地給你解釋,為什麼投資在這種會賺錢,為什麼那種要等久一點。我可以掌握得很充分。所以你要學經濟,主要目的不是為了賺錢,但可以保護你不讓你輸那麼多。

比如說費雪的《利息理論》。我真的不明白為什麼你們不讀費雪。如果是我教自己的學生,將來出到社會,費雪的書要一讀再讀。如果你真的明白利息，你會對市場明白很多，幫忙很大。你讀希克斯的等優曲線分析，一點也沒有用。有些東西是幫得到的，你知道什麼是利息怎會沒幫助呢？費雪利息理論開始的一百五十頁你不能不看，說得最好的就是他，之前之後就是他。一百五十頁寫得清楚，你花幾個月去看，看十幾次。有些是有幫助的，你要很小心選擇。其他經濟學的發展如果不轉過來，你可以憑它去找工作，你可以繼續稱之為經濟學，我不跟你爭議。但如果你說也可以解釋和推斷，我不同意。因為它們脫離了剛才我說的三個基礎，沒有這三個公理性定義性的基礎，經濟學不存在。現在的人開始放棄了這些基礎，拿什麼替代呢？博弈理論怎能替代呢？謝謝各位。

自私三解與市場應對

（二〇一八年十月十九日發表於《蘋果日報》）

最近中國人民大學馬克思主義學院教授、博士生導師周新城在內地一份刊物發表了一篇文章，題為《共產黨人可以把自己的理論概括為一句話：消滅私有制》。該題在某網站出現時被改為《人大教授狠批張五常、吳敬璉等經濟學家鼓吹私有制》。這篇文章在網上炒得熱鬧，不少朋友關心這件事，紛紛來郵慰問，以為我出了什麼問題。我歷來不管這類批評，但關注的朋友太多，而香港的《明報》一月十六日以大字標題《黨刊轉載轟張五常鼓吹私有制文章》作報導，我因而追查周新城教授的原文，其中提到我的那一段，有點莫名其妙，要回應一下。

周教授提到我說的話有不少問號，而其中最奇怪的是說在某幹部會上，"在座的身為領導幹部的共產黨員不僅不予以反駁，相反，卻把張五常的講

221

話結集公開出版。”我不記得曾經有這麼一個幹部會，也不知道有那樣的一本“結集公開出版”的書。更奇怪的是在周教授引用的文獻中，竟然找不到我的名字，沒有一項是我的作品。難道有人在生安白造嗎？希望周教授能多讀我寫的文章，不要憑道聽途說而破口大罵。

讓我在這裡以最簡單的文字來澄清我對“私產”這一詞的觀點。

自私三解

英語 private 這個字譯作“私”是沒有其他選擇的了。中國文化對“私”這個字有負面的含義是不幸的，但那是一個偉大文化的傳統。作為一門實證科學，經濟學所說的自私（selfish）則有三個不同的看法。

第一個看法，是自私是天生的。這是源於一九七六年道金斯（Richard Dawkins）出版了一本名為《自私的基因》（*The Selfish Gene*）的書。這本書重要，博大湛深，也很有說服力。但在經濟學上，我不採用這個自私的闡釋。

第二個看法，是自私是自然淘汰的結果。這是源於亞當‧斯密一七七六年出版的《國富論》（*The Wealth of Nations*）。其意思是說在社會中人不自私不容易生存。一九五〇年，我的老師阿爾欽發表了一篇重要的文章，把斯密之見伸延，影響了一代經濟學者在經濟科學方法上的爭議。阿爾欽說人類爭取利益極大化是自然淘汰的結果。這觀點對我影響很大，但我自己用上的自私概念可不是自然淘汰，也不是天生自私。

第三個自私看法，我常用的，是自私源於經濟學的一個武斷假設。在這假設下，究竟人類是不是天生自私或是不自私不能生存，皆無關宏旨。深入一點地說，這個武斷的自私假設是經濟學說的在局限下個人爭取利益極大化。半點價值觀也沒有涉及。你給一個小孩子兩個選擇，同樣的糖果他可以選一顆也可以選兩顆，如果他選二棄一，就是自私了。

自私的一般化是需求定律

需求定律是經濟學的靈魂，沒有這定律就沒有我從事了幾十年的經濟學。這定律是說，任何物品的價格下降，一個人對這物品的需求量會增加。這裡說的價格是局限，其轉變導致需求量的轉變，是

223

個人爭取利益極大化的結果。所以我們可以說，需求定律也是一個自私定律。經濟學可以不談自私，但不可以不用需求定律。那所謂在局限下爭取利益極大化，可以簡化為"自私"這兩個字。你要我不說自私，就要讓我多用幾個字。你要我不說在局限下個人爭取利益極大化，我就要用需求定律這個外人不知所指的術語了。需求定律的威力不僅替代了"自私"或"個人爭取利益極大化"這些聽來有點價值觀味道的說法，更重要是這定律有遠為廣泛的變化與用途。可惜的是，對沒有學過經濟學的人我應該怎樣說呢？要解釋需求定律不是那麼容易的事。

想當年，作研究生時，我為價格下降需求量增加這句話苦學苦思了三年才感到有舒適的掌握。來去縱橫的掌握還要多觀世事三十年。今天西方的經濟學教授不僅不多管這定律，好些甚至不教了。這是經濟學的悲哀。提出上面的三個自私觀，因為我要澄清，當我說人是自私的，我只不過是說這個人是遵守着需求定律。

市場是處理競爭的一種安排

遠為複雜的問題，是在資源稀缺、多過一個人的社會中，競爭一定會出現。跟任何競爭一樣，決定誰勝誰負要有一個衡量勝負的準則。我們日常見到的市場，決定勝負準則的就是市價。我曾多次申述，可以決定競爭勝負的準則多如天上星，但唯一不會導致租值消散的就是市價。這是因為當你要購買我手上的東西時，你自己一定要有所產出，對社會作了貢獻，才可以付出我要求的價。不用一個市價作為決定勝負的準則，採用其他任何準則，某程度一定會導致租值消散。這觀點我在一九七九年的一篇文章內對北京的朋友解釋得清楚。他們重視該文。這裡的核心問題，是我的好友科斯一九六〇年提出的那個所謂科斯定律的觀點。科斯說，沒有清楚的權利界定，市場不會出現。如果沒有市場出現，市價就不能用作決定競爭勝負的準則。用上任何其他的競爭準則，例如搞人事關係，或論資排輩，或動用武力等等，必會導致某程度的租值消散。這裡的不幸處，是清楚的權利界定也就是周新城教授反對的私有產權，英語俗稱 private property，法律稱 fee simple absolute。

另一方面，界定權利的費用相當高，市場形成的費用也高。這些是生產成本之外的費用——統稱交易費用——在一個工商業發達的國家，往往佔國民收入百分之七十以上。我們今天有銀行，有商業機構，有律師、公安、法庭等，費用甚巨，為的就是要爭取以市價作為競爭的準則，從而減少沒有市場但有競爭必然會出現的龐大的租值消散。龐大的租值消散是昔日中國開放改革前的經驗。我們可以不談私產，甚至不用"私"這個字，但我們要不要市場呢？市場對社會的主要貢獻，是在競爭下，資源使用與收入分配這些大前提必須決定，而採用市價是唯一不會導致租值消散的競爭準則。採用市價這個決定競爭勝負的準則需要有清楚的權利界定！這是從另一個角度看科斯定律了。

中國制度的重點是權利界定

在二〇〇八年出版的一本題為《中國的經濟制度》的小書中，我說得清楚："我堅信私產與市場對社會的價值，不止四十年了。但我從來沒有反對過中國共產黨的存在。從第一天起我反對通過民主投票來改革。"

我跟着說："中國共產黨做出來的成果令我拍案！政黨歷來有困難，困難多多。黨員八千萬，要怎樣安排黨的職責與執行黨規才對呢？不可思議。"

226

我跟着又說："黨領導與指揮了改革行動。然而，成功的主要原因還是中國的人民：刻苦，聰明，有耐力。只要能看到明天有希望，他們可以在今天忍受着巨大的艱辛。"

《中國的經濟制度》這本書其實是一篇長文。我是在考查了中國的經濟發展三十年，其中苦思了三年才找到解釋的。該文的重點，是通過地區層層承包這個制度，地區政府每層之間與市民之間的權利界定得清楚。因為土地的使用權力落在縣之上，激烈的縣際競爭就出現了。我們可以不談私產，但清楚的權利界定不可不談。其實二者是同一回事。

追討版稅可博一笑

我不是一個改革者，只是想到二戰期間在廣西逃難時那麼多的小朋友餓死了，對國家的關心我無從掩飾。一九七九年我到闊別了多年的廣州一行，見到那裡滿目瘡痍，忍不住把兩個外甥女帶到美國去讀書。跟進中國的經濟研究，一九八一年我寫好《中國會走向資本主義的道路嗎？》那本小書——其實是問會否走向市場經濟——準確地推斷中國會走的路。在科斯的催促下，一九八二年我放棄美國的職位，回港任教職。回港後新華社的朋友鼓勵我寫文章，北京與深圳皆提供助手，協助我找尋資料，分析中國的問題。我一口氣地寫下《賣桔者言》（一九八四）、《中國的前途》（一九八五）、《再論中國》（一九八七）這三本書。後面的兩本北京各印了兩千本，說明是內部閱讀，使我高興。如果周新城教授認為這兩本書誤導了北京的朋友，那我應該考慮追討版稅（一笑）。

一九八一年我考慮回到香港任教職時，科斯和巴澤爾等同事認為我對經濟制度運作的認識前無古人。今天八十二歲了，在內地跑了那麼多年也實在累。日暮黃昏，我可以為國家作出的貢獻，是差不多了吧。周新城教授要消滅私有制，但我不知道他說的私有制是什麼，所以既不能贊成也不能反對。香港與中國內地的土地，今天皆非私有，但使用權與收入享受權是界定得清楚的。私字當頭，中國的文化傳統不容易接受。我希望周教授不是反對權利的清楚界定，也不是反對以市價作為決定競爭勝負的準則。只要能維護這兩點，其他怎樣說都不重要。

人才政策的經濟觀

（二〇一八年六月五日發表於《蘋果日報》）

上世紀六十年代，洛杉磯加州大學的經濟系與芝加哥大學的經濟系是高舉私產與自由市場的兩間少林寺了。我是地球上唯一的在那個年代在這兩間少林寺求學與任教職的人。當然，那時有其他大學或學派崇尚私產與市場比上述的兩間為甚，但有點宗教的味道，不是純從科學驗證的方法支持私產與市場的經濟效率的優越性。當年的芝大與洛杉磯加大是比較客觀的。

然而，作為後學當年我認為他們過於高舉市場的優越性。年幼時我經歷過中、日之戰與國、共之爭，也做過生意，對"主義"上的爭議沒有興趣。老師阿爾欽教的只是問為什麼。我佩服弗里德曼、斯蒂格勒等人的學問，但總是覺得有點不妥。如果政府干預市場永遠是錯，那為什麼會有政府呢？

交易費用與政府的存在

一九六二年我拜讀科斯的兩篇鴻文，認為他提出的交易費用重要。當年的觀點，是引進交易費用政府干預市場更顯得是負面了。尤其是，一九六三年我拜讀德姆塞茨的一篇文稿，闡釋交易費用與帕累托至善點的關係，寫得實在好。德兄跟着的多篇文章，一律支持自由市場，反對政府干預。

後來輪到我自己寫交易或制度費用，把政府作為一家大公司或機構看，從經濟效率的角度衡量，正面與負面皆出現。最明顯的正面，是一九七六年我拿得美國國家基金的資助，研究發明專利與商業秘密的法律與租用合約。這項龐大的研究，因為我和幾位助手讀不懂購買回來的合約版本——主要因為不懂有關的科技——終於要放棄。我的助手還是發表了幾篇文章。我自己發表了兩篇，而更重要的是寫下一份長報告（今天收錄在自己的英語論文選）。這報告的結論説：發明專利的法律，不容易改進！

今天回顧，我認為源自新古典的經濟學者偏於批評政府，有幾個原因。其一是交易或制度費用的假設沒有經過深入的考查；其二是政府的錯失，因為範圍廣闊，來得比較大，於是較為明顯；其三是責任的問題：政府在決策上的錯失沒有明顯的負責人。上述的第一點是經濟學者的忽略；第二點是任何龐大的私營機構都可能出現；第三點則被我分析過的中國的縣際競爭制度否決了。

提到上述，因為我在這裡要分析不久前在中國幾個城市推出的人才政策，是明顯地由政府干預市場。這是由政府出手，以金錢補貼或提供居所，局部的，協助民營機構招攬人才。好些年前深圳及一些城市就這樣做。年多前武漢、南京等一些城市就擺明補貼，招兵買馬，定其名為"人才政策"。其條件及政府出資的細節頗為複雜，網上有載，這裡不說了。

知識的價值累積於土地

要說的是七十年代中期，老師阿爾欽和我討論一個現象——跟着有幾位同事也參與討論。這現象是，回顧二戰後歐、美等地區的經濟發展，地價或房產的價格水平上升得特別快，不是人口密度上升可以解釋的速度。大家同意的結論，是地產之價上升得格外高是科技的發展在二戰後來得快使然。

後來我在同一話題或現象上作了補充。我說：資金的回報是利息；勞力的回報是工資。科技知識增長的回報跑到哪裡去呢？發明專利的保障只有若干年；商業秘密一旦外洩就一去不返；商標的保障是很小的局部。人的生命短暫，但知識的創立或發明，只要價值存在，是永久的。答案於是清楚：值錢的知識的價值，累積下來，沒有物主收錢的那大部分，都跑到土地那邊去了。土地是財富累積的一個重要倉庫，讓我在財富累積這個經濟學的大難題上，提出今天看可以歷久傳世的倉庫理論。

是的，中國的經驗可教。人多土地可以不值錢。今天中國的土地很值錢——自本世紀初到今天，好些城市的地價上升了逾百倍。同期內，工資上升了不到六倍，資金的回報，以複息算，增加了約兩倍；樓房的建築成本上升不到五倍。只是地價一枝獨秀——這是商業與科技知識累積在土地上的效果。

地價高有三項麻煩

這就帶來三項比較麻煩的問題。其一是市場有價的知識的引進，其累積會導致地價的上升。然而，在時間上這二者的節奏不一定吻合。地價的變動有多項因素，雖然長遠而言有市場價值的知識累積是主要的。可惜節奏不吻合，見到這累積而下注於房地產可能輸身家！

第二項麻煩是地價上升帶來的樓價上升，代表着市民的財富上升，是經濟增長的一個重要衡量。然而，你在網上說樓價上升對經濟有利，一定給憤青們罵個半死！是的，樓價上升帶來的貧富不均是大麻煩，不是小麻煩。投訴樓價上升的人一般不是因為他們沒有棲身之所，而是他們沒有買樓，享受不到地價的升值，年老退休因而少了一項重要的保障。這問題需要處理。政府壓制樓價或大抽房產稅，歷來是劣着。香港有他們的居屋辦法，新加坡也有他們的居屋辦法，辦得完善很困難——近於不可能——但算是處理了。當然，中國內地也有他們的處理方法，我沒有跟進細節，不便評述。

第三項麻煩是樓價（包括地價）可以升得很高然後暴跌，對社會的經濟可以有多年的不良影響。一九八六年，日本奇高的樓價在短期內插水式地下降八成，三十多年後的今天那裡的經濟還沒有恢復昔日的雄風。香港一九六五年出現過一次。美國一九二九年一次，二〇〇八年一次。中國上世紀九十年代出現過一次。這些例子一律源於借貸大幅膨脹而後收縮，其中只有中國九十年代那一次避開了經濟的衰退。當時朱鎔基管經濟，反應快，加速改革與大事放寬市場的合約自由。換言之，中國當年能逃過一劫，不僅因為有朱鎔基這個人，也因為還有很大的改革空間。

商業價值最龐大的兩項研究

回頭說人才政策，這項比較新奇的項目，如果長遠一點看這政策不能帶動地價的上升，是算失敗：這政策要把人才知識的價值累積在地價上，而這地價上升的資金會轉過來協助人才的引進。原則上，處理得恰當，這地價上升會高於招攬人才的成本。我跟進了中國的開放改革四十年，寫下《中國的經濟制度》這本小書，知道在大致上，幹部朋友們辦得好，創造了人類歷史前所未見的經濟增長的奇跡。今天一些地區引進人才政策，是一項嘗試，也是中國經濟制度發展的伸延，效果如何我們要走着看。

說起來，整個二十世紀有兩項商業價值奇高的研究，皆起自五十年代。其一是半導體的發明，帶來今天孩子們比我知得多的數碼科技。數碼的商業項目，雖然研發的成本不菲，但研發後供之於市，多服務一個用家的邊際成本是零，而中國人多，市場大，發展得頭頭是道，有朝一日——可能就是今天——會超越地球上的所有其他地方。這是指數碼的商業用途。

第二項有龐大商業價值的，是 DNA 雙螺旋結構的發現。這帶出從基因的方向研發藥物。數碼服務與基因藥物是兩項性質很不相同的商業項目。前者以智商為重，沒有讀過很多書的青年，只要夠聰明，可以勝任。基因藥物的研發則是深不可測的學問，要苦讀很多年才可以有職業性的掌握。我帶到美國求學的一位外甥今天是地球上的不出一掌之數的細胞專家，我自己的兒子今天研發基因藥物——他們的知識是些什麼我半點也不懂！當然，上述兩項我選的是商業價值奇高的例子——實際上，人才政策有無數其他的工商業項目可以選擇。

聽說西方的藥物研究今天引進中國來了。頗有勢頭。跟我認識的好些西醫朋友的觀點不同，我認為炎黃子孫的中藥也有其可取處。今天退了休的香港中文大學與科技大學的兩位前生化系主任是我年青時認識的朋友，而這兩位皆認為中藥有其可取處。

我知道南京的大學城有一間中醫藥大學，而該市又推出本文引為主題的人才政策。這個曾經是六朝之都的城市是中國文化的一個重鎮，那裡的秦淮

河是我認為古往今來七絕寫得最好的杜牧流連過的
地方，今後的發展如何我們拭目以待。

從闡釋反托拉斯的困難看中國今天的經濟發展

　　（這篇文章是今年九月六日國家市場監督管理總局邀請我在廣州的講話，是網上的第二個版本。第一個版本是該局的簡要記錄，由一位同學整理，並加進我在其他地方提到的關於反托拉斯的資料。這裡刊登的是當天講話錄音的全文，由我的一位助手整理出來，較為詳盡。我歷來對反托拉斯或反壟斷的任何機構都是批評的多，讚賞的少。但這次跟市場監督管理局的簡短交流，他們給我好印象。

　　昨天晚上，在半睡半醒中，看到一位同學傳來李克強總理公佈不准追討歷史社保費，寥寥數言，擲地有聲，不由得站起來。

　　　　　　　　張五常，二〇一八年九月十九日）

　　各位朋友，一九七八年的暑期，我從美國回來度假的時候，開始跟進中國的發展，到今天剛好四十年。這四十年來，我未曾見過有像今天這麼大的經濟麻煩。該怎樣處理很難說。即便是九十年代，中國經濟遇到很大困境，我們還有很多理由樂觀。目前情況不同，很難解釋，美國人開始對中國敵視，根據美國民意的看法，是插水式下跌。為什麼會這樣，我不知道，但困難是存在的，所以我要趁着這次反托拉斯會議的機會，說說中國應對的方法。因為這是關於反壟斷的會議，我只能說很小的一部分。困難的全面，要很長時間才說得清楚。

反壟斷也叫反托拉斯，在這方面的研究我可能知道得比任何人都要多。今天我八十多歲了，我那些從事反托拉斯研究的老友大多不在了。有三方面我對反壟斷有深的認識。第一方面，研究反托拉斯是從芝加哥的戴維德帶起的，跟着是十幾二十個反托拉斯專家都是我的好朋友，不是普通的朋友。現在只有一兩人還在。第二個理由，我在發明專利、商業秘密這些方面在七十年代受到美國國家科學基金大力資助，花了好幾年研究。關於發明專利、商業秘密等的租用合約，都是有關壟斷的問題。這些方面我知道比較多。第三方面，我曾經做過美國兩個大反托拉斯案件的經濟顧問。那是七十年代。我約略提一下這兩個案件，讓你們明白處理反托拉斯的困難。

第一件我參與的大案是美國電話公司

（AT&T）。AT&T 為什麼被告呢？他們拒絕其他電話公司接線路進來。他們拒絕，也不賣電話機，不和任何通訊的人合作。官司打了很多年，我回到香港後還繼續，最後要瓦解。美國電話公司為什麼有這個問題呢？當年我的理解，是電話公司的實驗室發明了半導體。這是整個二十世紀商業價值最大的發明。數碼科技全是半導體引起的。很奇怪，根據他們的資料，因為他們發明了半導體，美國政府當局不讓他們從事計算機方面的發展，只讓他們做電話、通訊。他們當時以為有這些的專利權，拒絕和任何競爭者合作。告起來，卻找不到政府給他們特權的證據。這是個大問題，後來要瓦解。

第二件我參與的大案，也是七十年代。那是加州標準石油公司被政府控告，說他們串謀壓低油價。關鍵問題是他們的換油合約。我那邊挖到油，你這裡也有，我們交換石油減低運輸成本。他們的換油合約有一種叫"三刀"的合約，全世界只加州獨有。為什麼這樣呢？合約裡說，你要用華氏 405 度蒸發出來的是第一刀，405 到 650 度蒸發出的是第二刀，再到 1000 度是第三刀。他們是按每一刀換，不是用價錢換。政府說他們隱瞞價格，欺騙政府。我在一九七六年做他們顧問，做到一九八二年離開回香港。官司一直打到這個世紀。有趣的問題，是石油公司本身不知道他們為何這樣做，為什麼要分成三刀交換。這種做法是加州獨有，用了幾十年。被人告，石油公司解釋不了為什麼這樣做。我花了兩年時間，解釋得很清楚為何那樣做，現在那份很厚的報告，當時不能發表，現在應該可以了。

要點是：在市場你看到的一些奇怪的、不合情理的行為，認為是壟斷、串謀，你說要禁止，說違反了反壟斷法，這可能是大錯。提到加州石油因為我是他們主要的反托拉斯顧問，做了六年，我給他們寫的報告他們稱為《聖經》。市場一些行為，從事者本身可能不知道。政府說是違反了市場規律，不讓他們這樣做，可能對市場有很大的不良影響。所以反托拉斯或反壟斷這個問題，是你要先明白為何市場這樣做。如美國電話這事，拒絕把線接進來，政府說有問題，但為何他們發明了半導體就不讓他們進軍計算機呢？半導體是 20 世紀最有價值的發明，現在整個網絡行業都是這個帶起的。

現在的問題，是中國應該怎樣做。你要反壟斷，我問你為何要反。每個人都希望自己是個壟斷者。我讀書跟你競爭，我怎不想壟斷呢？有獎金我想要不讓你拿。市場也一樣。但說要公平競爭，競爭怎可能公平呢？考試我十次贏你九次，怎可能公平？公平競爭是說遊戲規則要公平，勝負、能力本身是不公平的。這才是人類進步的根源。你回看中國的發展，永遠都是爭取壟斷。鄧麗君唱歌，她是壟斷者，有獨特之處。你看馬雲、馬化騰，都是壟斷者，你不讓他們壟斷，經濟就搞不起來。所謂公平競爭，是遊戲規則要公平，大家要遵守遊戲規則，當然有勝有負。勝的人就稱為壟斷者。社會裡頭，每人都在爭取壟斷的權利，這才有進步。但是你要遵守一種遊戲規則，那就是市場，就是權利界定，這都是遊戲規則。有時候你看到一些現象，不是那麼容易明白。如加州石油，不明白你就說他們串謀，要封殺，這會對社會帶來很大的問題。

關於中國的問題，很麻煩。我不是說你們這個組織不應該存在，我不是說公平競爭不應該推行。我只是說遊戲規則要說清楚。任何優勝者都是壟斷者，我們每個人每天都爭取出人頭地，即是要爭取壟斷。遊戲規則重要，有人犯規，你要管，但問題就是，看到一些現象，你認為不合理，如標準石油，為何不用價格交換，為什麼小的石油公司不能參與。這石油官司打到這世紀初，二十多年才打完。

　　說起來，反壟斷，也稱反托拉斯、反信託，整件事起於一八八二年美國石油大王洛克菲勒。他把四十多家公司組合成立一家信託公司，叫標準石油信託，到了一八九○年，美國政府認為公司太大不可以，要拆開，瓦解了。跟着反托拉斯的反壟斷法，第一件最出名的案件，是一九一○年出了個掠奪性減價的案件。你跟我競爭，我財雄勢大，減價減到你破產，法律說你不能以本傷人。這個是很出名的案件，我的朋友John McGee寫了篇很出名的文章，他的結論說沒掠奪性減價這回事。他說標準石油去買下對方都不需要這麼大成本，為何不買呢？有些人新開業時候大手減價，希望低於成本打進市場，但是持久下去，你再財雄勢大，減價也可減到你關門。能變成獨裁者的例子沒見過。你價格上去就有人進入，你減之不盡的。

　　其他的反托拉斯案件的研究很多，主要是當時的芝加哥大學。可以這樣說，二十世紀研究反托拉斯的重要人物全部是我的朋友。戴維德研究捆綁銷售，也是研究反托拉斯。萬國商業機器公司（IBM）不賣機器，只租給你用，包你維修保養。當時機器用紙卡，數字通過電流經過紙卡小孔。但是萬國機器説你租用我計算機，一定要買我的紙卡，否則我不租給你。那些六吋乘三吋的紙卡到處可以買到，IBM 的紙卡只收貴一小點而已。捆綁銷售這現象，害得萬國機器被控告説他們將計算機的專利延伸到紙卡那邊。他們有計算機專利權，但紙卡誰都會做。他們捆綁着，一定要購買紙卡才租到機器。因此被控告要將計算機專利權伸延到紙卡。這很難令人相信的。專利權在我手上，我要收租而已，綁定紙卡對我有什麼好處呢？這官司打了很久，芝加哥大學的朋友解釋為什麼要這樣做。IBM 當時説他們紙卡好一點，沒有證據。經濟學者感興趣的是這個奇怪現象，問為什麼 IBM 要這樣做。關於捆綁銷售，要到八十年代由我來解釋。

談起反壟斷，説起自由公平競爭，遊戲規則大家都要遵守。但是競爭有勝負之分。市場某些行為你覺得古怪，認為不公平，這可能是，但從這麼多反托拉斯案件來看，那些被指責的行為，經濟學者後來終於解釋了，都不支持政府的説法。如掠奪性減價，政府的判斷是不對的，捆綁銷售也是。我不明白 IBM 為什麼當時他們也不知道為何要捆綁呢？我後來的解釋是幾十年後的事。之前有一個解釋認為是價格分歧。你想想，租用一台計算機，有些人用卡多，有些用得少，多用的給多點租，他們用價格分歧來解釋。我說不是價格分歧，機器租金和紙卡大家的價格一樣，何來分歧呢？我買個蘋果，兩元，你買也是，沒有價格分歧，但是我買回來，我吃了兩口就扔了，你吃了五口才扔，每一口你價錢低於我，這個不是價格分歧。像萬國機器，機器租金和紙卡都是同價，算起來求出一個不同的價錢，這不是價格分歧，如果這也算價格分歧，吃蘋果也是。

單單是捆綁銷售的問題，經濟學者花了幾十年爭論，最後由我找到答案。石油斬三刀問題，官司打了這麼久。奇怪的是不但政府不知道為何這樣做，石油公司自己也不知道。如捆綁銷售，萬國機器也不知道為何這樣做。我對捆綁銷售紙卡的解釋，是維修保養的合約。你用得多，機器容易壞，我租機器給你，擔保維修，是免費維修，但你要用我的紙卡。你紙卡用得多，機器就容易壞，就多付維修費。這是我的解釋，但為何萬國機器自己不知道呢？石油公司為何不知道斬三刀的解釋呢？這不是什麼串謀，不是試行壟斷，你硬要改變他們的行為，可能對社會有很大害處。

我記得很清楚，當時標準石油的大律師請我過去，說："張教授，我們有事情求你，別人控告我們標準石油串謀，我不知道有沒有，我要你告訴我到底有沒有，我要你說真話，你不用替我們公司辯護，不需要出庭作證，你要解釋給我們聽，我要知道我們為何這樣做。"後來我做出來，他們很滿意，那兩份幾百頁的報告當時不給發表。當時石油賣一塊兩毛一桶，現在賣六十美元。時間不同了。

關於反壟斷的問題，很多經濟學家是反對反托拉斯的。但是有經濟學家贊成，其中最有分量的是夏保加，我的好朋友。當年智利的經濟復蘇他是功臣。芝加哥學派裡他是唯一一位認為反壟斷法律對智利有幫助的。我跟他聊了好久，得到的結論，是他的反壟斷其實是反政府壟斷。一個政府機構是很難反自己的壟斷的。但是市場的一些怪現象，你去干預，可能害了市場運作。

舉個例，當年的香港財政司彭勵治（後來是曾蔭權）是很熟的朋友。當時他經常跟我吃午飯，問我意見。我說香港深水港是全亞洲最好的，你多放一些海邊地給別人做貨櫃碼頭，你不能只給兩家，他沒照做。只給兩家，政府能多收很多錢，如果按我說的大手開放，政府收錢就少了。政府維護的壟斷容易闖禍，後果就是你看現在都到了深圳，深圳的吞吐量比香港大。還有香港政府汽車進口抽高稅，政府壟斷；出租車牌照賣到幾百萬一個很普遍，這是政府的壟斷行為。所以反壟斷有這個問題，很多壟斷是政府的壟斷，政府怎反政府呢？

現在美國推出的貿易戰牽涉到你們這個機構，跟這個會議特別有關。貿易戰的一個效果，因為中國的市場大，如果中國抽你的稅，你要得到中國的市場，就直接來中國設廠。我知道中國現在取消了合資的要求，很對，也應該取消市場換技術這個政策。中國應該大手開放，如果能再大手增加引進外資，他們的貨品去美國，等於美國抽自己的稅而已。這是一個辦法。

我們知道數碼科技是個偉大的行業，中國發展得不錯。你現在去餐館不用現金付錢。市場大，方便數碼科技的發展。但另外一個行業，比數碼科技更重要的，發展得不好，那就是對醫藥的研究。這是很大的行業，中國一定要大手引進。我知道中國重視，但是引進醫藥的研究你要給專利權，要花很大費用去研究。從事數碼科技十八歲青年夠聰明就可以了，但是醫藥研究起碼要寒窗三十年。你要發展這個行業，要很多方面的人才引進。

在面對貿易戰這個時刻，你們這個機構，在鼓勵競爭的同時，要給某些專利適當的保障。專利本身不是壞事，每個人都在爭取專利權，爭取專利是社會進步的關鍵，但是過程中有些人違反了遊戲規則，這個要管。但有些現象你認為不合理，可能有他們的理由。目前貿易戰的困難，一個重要的處理辦法，外資引進的時候要儘量放寬，要把你們的遊戲規則說清楚一點，哪些可以做哪些不可以。外資進來，只要有一家無端端給控告說違反了反壟斷，一傳開來，可能其他都會跑掉。我希望你們要營造客觀、合理的競爭環境，鼓勵競爭的同時，要尊重壟斷的權利。任何發明都屬壟斷性，有些壟斷你要儘量保護，政府本身的壟斷你要慎重處理。

只爭朝夕，現在的形勢非常不好。你不要問我為何這樣，為何中國忽然受到美國敵視。美國的民意調查，對中國的印象是插水式下跌。這問題存在的時候，我希望你們這個處理競爭的機構，說得清楚一點。某些市場行為政府認為不對，但如萬國機器、加州石油他們自己也不知道為何那樣做。所以在這相當緊要的關頭，為國家的利益設想，我不想提，但還是要提一下。最近因為疫苗事件，有一個叫畢井泉的人下馬了。我不認識他，但我注意到，西方一些重要的專業刊物，認為這個人對中國貢獻

很大。他是管理西藥的。人才難求啊！這些瑣碎問
題，加起來很多很多，目前要慎重處理，謝謝各
位。

中國經濟的內憂外患

（二〇一八年十一月二十七日發表於《信報》）

中國的經濟情況不妙，有些地區出現了負增長。北京的朋友當然知道。美國的特朗普總統也知道，幸災樂禍，公開地說了些風涼話。

中國的經濟增長數據不可靠有悠久的歷史了。有三個原因。其一是流動人口佔總人口約三分之一，這些“流民”的收入難算。其二是中國的農民不用付稅，少了一項重要的資料。其三是地區的稅收及一些其他數字皆用上指標制，不達標沒有獎金，出現了虛報的情況。不一定是報高的。在上世紀困難的九十年代，朱總理說保八，我考查所得是報低了不少。地區幹部不喜歡超標——所以超額不報——其理由何在讀者可以一猜就中。

三項利好局限

在分析目前中國的經濟困難之前，我要先指出幾項有利的局限情況，今天沒有改變。其一是中國的市場大，大得離奇，有助於經濟學鼻祖斯密指出的大市場對專業發展帶來的優勢。中國的市場究竟有多大呢？最近網上出現這麼一個觀察：在剛過去的雙十一那一天，只一天，中國人買光法國的牛油與西班牙的豬！有點搞笑，但人類文化五千年，只有今天的中國才說得出這樣的笑話。

其二是中國的基礎建設實在好，冠於地球沒有疑問。不要問我是不是划算的投資：錢已經花去，這些基建的外部效應（例如帶起地價）要怎樣算不容易，而覆水難收的成本今天回頭看再不是成本了。國債急升怎樣看呢？基建投資的回報率（包括外部性）很難算得可靠。我的簡單觀察，是只要人民幣的幣值繼續穩定，大家可以舒一口氣。我們可以說的，是中國的基建絕少是垃圾工程。建造得快而好是事實，其他國家不容易見到。

其三是中國的商業天才多。大家熟知的名字這裡不說了。

兩項重要的商業發明

這裡我要順便指出，二十世紀人類有兩項商業價值奇高的發明，皆源於該世紀的五十年代。其一是半導體，帶來今天的數碼科技與商業。數碼商業的一個要點，是以人頭的服務算成本，其邊際成本是零。這樣，大市場會有很大的發展優勢。好些周遊多國的朋友說，利用數碼付賬的頻密度，沒有一個國家比得上中國。

第二項重要的商業發展，是基因結構的發現，導致今天西方的醫藥研究的急速發展。數碼與醫藥是今天商業價值最高的兩個行業。性質很不相同。數碼商業要求的是智商夠高，但不需要讀過很多書，行內的老闆喜歡僱用二十歲出頭的青年。有關基因與藥物的研發呢？三十年寒窗苦學是起碼的要求。這方面，我帶到美國求學的外甥與我自己的兒子今天在美國算是卓然成家，其苦處與需要的際遇不足為外人道。我可以肯定，目前中國的大學教育培養不出這個水平的人才。是的，在藥物研發這方面，今天的中國落後於印度是需要解釋的失敗。顯然，中國的醫療制度要改，大學制度更要改。

局限不俗言論有變

在上述的算是很不俗的局限條件下,中國的經濟出現了困難是不容易解釋的事。這困難不始於今天。二○一六年一月十六日,我在廣州以《中國的經濟困難要怎樣處理才對?》為題講話,對中國經濟的失望溢於言表,提出的十一項建議皆如石沉大海——儘管該講話的文稿在網上讀者多。

跟着中國的經濟見不到起色。今年一月十一日,人民大學的周新城教授發表一篇建議"消滅私有制"的文章,無端端地燒到我這邊來,指出一些我從來沒有參與過的事。為此我用心地寫出《自私三解與市場應對》作回應。這篇回應寫得好,解釋得淺白,在網上風行。私產究竟是何物、市場的功用何在,是不可能解釋得更清楚的了。

再跟着是風聲四起,什麼私營經濟要離場,什麼企業要民主管理,什麼要回頭搞公私合營等建議都有。哪些算是官方的言論我不懂。可幸習近平先生今年九月二十七日的講話,堅持要保護民營經濟的發展,而十一月一日在民營企業座談會上習先生再強調民營企業的重要地位和作用。

合約專家看新《勞動合同法》

內憂外患，後者當然是指國際貿易戰與壓制中國追求科技知識等事項。內憂是說中國自己主導的政策有失誤。這裡先分析內憂，其中最嚴重的一項是二〇〇八年一月一日施行的新《勞動合同法》。該法今天還在，究竟修改過多少我沒有跟進。當二〇〇七年十月我收到該法的九十八條版本時，知道該法是災難性，跟着發表了十一篇文章解釋，皆見不到效果。這次我把該法再提，因為意識到當時的解釋不夠清楚，何況當時該法對經濟的禍害沒有今天那樣塵埃落定，大家看得清楚了。

讓我先介紹一下自己吧。曾獲經濟學諾獎的諾斯說我是"華盛頓新制度經濟學派"的始創人，可能對。應該更對的是前經濟學諾獎主席沃因說的我是合約經濟學的始創人。沃因寫下，合約一詞在我之前經濟學很少提及，在我之後就變得家喻戶曉了。

一九六八年我發表《佃農分成》，六九年發表《合約選擇》，七〇年發表《合約結構》，七二年發表《婚姻合約》，七三年發表《租蜂合約》，七四年發表《價管與合約的變動》……一路下來，到一九八三年發表的《公司的合約性質》與二〇〇八年發表《中國的經濟制度》，所有重要文章都跟合約有關。這些作品被引用的次數差強人意，但西方的大學指定為學生讀物的，最多應該是我的作品。少人注意的，是我曾經花了美國科學基金不少錢，研究過難度高不可攀的發明專利與商業秘密的租用合約。更少人知的是我花了兩年時間研究石油工業的換油合約，可惜因為是收了石油公司的錢的顧問報告，不能發表。這報告當年老師阿爾欽細讀後，說是他讀過的經濟實證研究最精彩的作品。石油行業的朋友稱這報告為《聖經》。

我不喜歡坐在辦公室內推敲外間的世界，或用回歸統計去分析那些不知怎樣弄來的數字，或試圖創立古怪的術語來混飯吃。作為學者，我要知道真實世界發生着的是些什麼事。考查蜜蜂的租用合約我要到果園研究蜜蜂怎樣養怎樣飛；考查石油工業我要到油田走，合約的真實版本擠滿一間車房；考查香港的租金管制我追查過的法庭檔案逾萬宗。這些行為是當年幾位學報編輯說史提芬的文章不用評審的主要原因。

提到上述，是要指出當我說某些管制合約的法例對經濟有嚴重的殺傷力，有關當局要注意我說的。在快要再版的《經濟解釋》的卷四中，我有一

長章題為《合約的一般理論》，指出合約的目的是
要約束競爭，如果這約束受到干預，會增加交易費
用，而這些費用的增加夠高會為禍整個經濟。

公司與市場是同一回事

在一九八三年發表的《公司的合約性質》一文
中，我指出公司也就是市場，只是合約的安排不
同，也指出在產出的活動上，公司與公司之間是沒
有分界的。這些論點是否決了科斯一九三七年發表
的《公司的性質》。當時我對科斯批評得很含蓄，
他的舊文我盡可能指出可讚的下筆。在學術的研討
上我這樣做當然不對，但該文是為科斯的榮休而
寫，是一篇要表揚他的文字。這是中國的禮教傳統
了。

公司是不同合約形式的市場。支持市場的人，
在邏輯上，是不能也支持新《勞動合同法》的。自
由的市場永遠是在爭取降低交易或制度費用。新
《勞動合同法》是大幅地把這些費用提升了。我們
要知道，做廠是地球上難度最高的行業，能夠賺回
投資的利息絕不容易。這些日子在東莞及昆山等
地，做廠的，沒有專利或名牌的支持，堅持下去往
往是希望樓房的地價上升，政府讓他們改變土地的

用途，工廠關門大吉去也。

在新《勞動合同法》的左右下，沒有專利或商標的工廠紛紛拆細，山寨紛紛復出。小市鎮的律師為勞工向僱主敲詐三幾千元常有。這些都導致交易或制度費用的提升。另一方面，工廠的老闆可不是傻瓜。法例說要多給員工錢，他們就安排生產線，要員工不停手地操作，工廠生意怎樣做工人一點也學不到。

零工資帶來大收穫

百多年前，我的父親從惠州到香港的工廠作學徒，沒有工資，可幸他高人一等，不用給工廠的老闆米飯錢。學了五年後，父親自修英語，翻譯了一本《電鍍手冊》，其後自立門戶，進口銷售電鍍原料及用品。一九五四年謝世後，父親的生日被香港的電鍍行業稱為"師傅誕"。我的叔叔伯伯，不一定有血緣關係的，也多是先走這種沒有工資的做學徒的路。

新《勞動合同法》害了工人的日後發展沒有疑問。對沒有專利的工廠來說，提升交易費用導致成本上升會是災難。有專利或有名牌寶號的工廠好過一點，因為這勞動法導致的交易費用增加可以切進這些專利或名牌的租值。北京當局不是要鼓勵發明專利或名牌的爭取嗎？

要怎樣處理新《勞動合同法》呢？不用取締，而是採用英國早就存在的用合約退出（contracting out）的方法。這是説，一家工廠或企業的僱主可以讓勞工選擇另一張自由議定的工資與工作的合約，選擇後《勞動合同法》就被此新約替代了。不簽此約，法定的《勞動合同法》有效。當然，辭職與解僱勞資雙方皆可以選擇。我認為生產力高的員工多會選這退出勞動法的新合約。正如當年在西雅圖華大，怎樣我也不參加那裡的教師工會，因為參加了我的薪酬要由工會替我跟校方磋商。我認為自己磋商為上：格外勤奮會帶給自己格外高的薪酬。

（《中國經濟的內憂外患》之一）

別無選擇，中國的大學要大事改革

（二○一八年十二月五日發表於《信報》）

一位朋友傳來一篇英語文章，作者 Chi Wang，內容是說他曾經在美國華盛頓兩家政府機構工作了五十年，認識好些政要，知道他們一向支持及同情中國，但近十年的情況改變了，對中國的友善不再。我沒有理由懷疑此君說的。好些報導從其他角度說的也是類同的話。

今天，不少報導說，中國學生去美國求學，簽證往往被拒，有些暑期回家探親後再去美國時不獲簽證，有些每年的例行續簽也遭否決。看來是跟某些科目有關，但也不一定。這樣看，要申請到美國求學的中國學生人數將暴跌，因為讀到中途不獲續簽對學生是災難！

美國的大學本身當然歡迎中國的學生。這些學生一般好學，而收取外來學生的學費，以公立的大學來說，通常遠比美國本土的學生高。我大約地估計，是三個外來學生的學費可以養起一個助理教授，而一個助理教授通常教約十個 full-time equivalent 的學生，所以校方是賺了七個學生的學費。當然，大學還有好些其他費用，但在邊際上多教一個學生的成本低，外籍學生對校方的財政是有助的。

昔日美國的求學氣氛

回顧歷史，美國對中國是友善的。雖然百多年前的八國聯軍美國有份，但庚子賠款協助不少中國的學子到美國讀書，培養出錢學森、楊振寧、陳省身等高人。美國本土有一個大麻煩是種族歧視，政府出盡九牛二虎之力也驅之不去。然而，我在美國生活了二十五年，受到的種族歧視不嚴重。另一方面，在美國我受到多位經濟學大師的指導與關懷，使我終身感激。當年美國的師友對我思想的重視，遠超我一九八二年回港後遇到的。是的，當年在西雅圖華大講課時，系主任諾斯坐着旁聽，不是監管，而是做筆記。其他同事和我天天研討，誰對誰錯沒有誰管，真理的追求就是那麼愉快的事。楊懷康上世紀七十年代後期到過西雅圖華大，見過當時那裡的熱鬧。

　　早年我在香港讀書失敗，但美國那邊卻欣賞我那想得快想得怪的本領。考什麼公開試我無法過關，但在洛杉磯加大考四科博士筆試，其中一科的教授多年後對我說，他不知道我的答案是在說什麼，考慮良久還是給我個第一算了。環境適當，求學是一種享受。

　　同樣，一九六六年春天我提交的十一頁紙的《佃農理論》的初稿，在加大研討時在座的數十位教授與研究生一律說我錯，吵了幾個小時。該晚十一時多，我掛個電話給老師赫舒拉發，問他我的論文建議是否要放棄。他說："你說什麼？那是我平生見過最好的論文。"過了一天，另一位老師阿爾欽給我電話，說要在他的研究班上討論我那十一頁紙，一個月後他叫我動筆。要是在今天的中國，我的《佃農理論》不可能寫出來。當年老師教的真理追求的意識對我有深遠的影響。

　　一九六七年到了芝加哥大學，後來科斯的回憶寫下，我吸收了八位大師的思考方法。他說我不是仿傚，而是吸收了然後發揮自己的。今天，我怎可以說美國對中國人不好呢？種族上的歧視當然有，在學術界不嚴重，大可置之不理。

一家兩代的故事

我的外甥及自己的兒子在美國求學的運情也差不多。這個外甥當年雖然在香港的中學成績不錯，但沒有大學收容，我帶他到美國去跟我求學。我給他定下來的規則簡單：週末不准讀書，要陪我去釣魚。教他的主要是一項：寫博士論文時一定要跟一位世界級的大師。從本科一年級起，只六年此子獲博士，今天他屬一掌之數的生物細胞大師了。要是獲得諾貝爾獎我會敲榨他分我一半。

我兒子的故事雷同。我教他不要管中學成績，不要管那些進入大學的公開試，因為他在美國出生，入大學容易。從來不管他的讀書成績，只是知道本科畢業時他在整級考個第一。他自己不知道，而我懶得告訴他。教兒子，我又是說寫博士論文時要跟一個世界級的。他當然受教，可惜在研究院他修的是兩個博士一起讀的課程，難度大，害得兒子吃得太多，變得太胖了。今天，兒子從事西藥的研究，是商業的那種，獲諾獎的機會小很多，但不是零。我的女兒在美國的讀書成績跟她哥哥差不多，但本科畢業後她不要再讀下去，是她的選擇，我尊重。

上述是我家的兩代人在美國求學的經歷。說美國人善待炎黃子孫是對的——撇開一些無聊又瑣碎的種族歧視，實在好。說實話，從求學這方面看，中國人不會對我們那麼好。可惜今天無端端地，美國對中國人不好了。我恐怕此"不好"也，會持續下去。政治多麼可怕！

盜竊科技談何容易

我曾經寫過，開放改革前中國對外間的科技知識的所知是零，但在開放改革後，憑中外合資與以市場換技術這兩個法門，中國學得快學得好。不久前北京取消合資的規限，做得對；但源自市場換技術的必須外銷的來料加工還在，也應該取消，因為今天要多引進外資。

今天美國再不歡迎中國的學子到那裡求學。這些學子可以轉到加拿大或歐洲的大學去，只是有些重要的科目，美國還是最高明。我不相信美國當局說的，中國頻頻盜竊美國的科技。當然不可以說完全沒有，但 industrial espionage 這回事，四十年前我得到美國國家研究基金的資助，作過深入的研究，認為今天的中國人沒有本領從事。偶爾的小偷當然存在，但專業性的工業盜竊談何容易！一九八二年我發表 Property Rights in Trade Secrets

（*Economic Inquiry*, January 1982, P40-53），讀者可以參考。

引進人才的法門

那所謂"人才政策"——即是出資或較高的薪酬外聘科技學問人才——在內地的多個地區出現了好些年了。近幾年從國外出高薪引進人才也明顯。這方面，一個要點是開放改革四十年來，從中國到美國求學的無數，其中不少學得好。人才政策當然是想着這群人，但北京忽略了的，是這群人中的表表者，不願意回歸，一個原因是他們不能接受中國的大學制度與運作。他們不一定打算到大學工作，而是任何在知識上有成就的人，喜歡在有上佳大學的鄰近工作。物以類聚，人以類聚，知識也類聚。

大家知道北京當局是花着巨資支持大學教育的。然而，今天中國大學的運作，從美國上世紀五、六十年代的準則衡量，實在太差勁了。無謂的約束太多，課程的規限太緊，創意不受重視，而政治上的思想教育，從外間回歸的知識高士沒有興趣，且往往有反感。這些日子，網上的訊息是國際性的，什麼"翻牆"等玩意我這個老人家沒有學過，但我認識的內地學生沒有一個不懂。另一方面，美國的學術朋友指出，中國內地的大學要講人際關係他們不能接受。

這就帶到一個最難處理但必須處理的問題：言論的約束。我不是個信奉言論自由的人，我的老友科斯不是，我的老師阿爾欽也不是。四十年來，無論是講話或文章，我肯定北京上頭沒有干擾過我，但下面卻無數次！在今天內地的大學處理言論的約束下，世界級的教育是搞不起來的。需要怎樣處理我不知道。從樂觀的那一小角看，我可以指出北京的中信出版社出了我很多書，一個牽涉到內容的字他們沒有改過。所以在原則上，大學需要的言論自由是存在着一個可以接受的空間。我希望北京的朋友能把這空間放大一點。

都是越戰惹來的禍

更為頭痛的是算文章數量與論文章發表的學報高下這種無聊玩意，無疑是今年七月二十七日出現了某知名學報撤回一百零七篇中國學者的論文，牽涉到五百多人的導火線。這些行為當然不是中國獨有，只是當年我在美國的追求真理的學術氣氛下，這些行為不可思議。中國的大學要大事改進才有忠於真理的學術氣氛。

算文章數量與論學報高下來衡量升職與薪酬這些愚蠢玩意是上世紀六十年代的越戰搞起來的,我知得清楚。一九六八年在芝加哥,我問後來是林毅夫老師的約翰遜,在芝大升為正教授文章要發表多少。他說沒有這種規定。我繼續追問,最後他說,在芝大升為正教授不一定要發表過一篇文章,但不能一句話也不說。

那時越戰開始了不久。一九六九年我到西雅圖華盛頓大學後,越戰引起的學生動亂就頻頻出現了。加州洛杉磯加大的經濟系出現了炸彈恐嚇事件,因為一些學生說該系沒有聘用黑人作教授。在西雅圖華大,校方要動用保護人員才讓教授上學生人數多的課。在經濟系內,一位年輕教授不僅在他的辦公室門上貼着胡志明的巨像,授課時他播放影片,不講課。

當時美國的私立大學好過一點,但公立的助理教授則對正教授說:"你們這些老頭子連數學方程式也不懂,為什麼薪酬比我們高?"是在這樣的大吵大鬧的情況下,算文章數量與論學報高下的準則就出現了。這些鬧劇公立的大學遠比私立的為甚,因為私立的要交不菲的學費,亂搞一通學生的家長不會出錢。

算文章數量與論學報高下這些無聊的衡量學問高下的準則，在美國源於越戰，八十年代後期引進香港的大學，再十年盛行於中國的內地。今天，中國內地比美國嚴重很多。學報的高下排列分明，英文發表勝於中文也分明。這種玩意導致多人聯名發表，也有埋堆互相引用文章等離奇行為。聽說在中國內地，一間大學的經濟系出獎金人民幣十萬，另一間出二十萬，給一篇發表在《美國經濟學報》的文章。學術世界真的是變了。

大學改革有前車可鑒

我不知其他學者怎麼樣，但我自己在不自願動筆的情況下寫不出好文章。一九六九年的秋天到了西雅圖華大，過了三個月他們要升我為正教授。這不重要。重要的是當年的系主任諾斯與社會科學院的院長分別告訴我，算文章多少這項玩意與我無干，我只做自己認為有趣的學問。在這樣的有利條件下，一個題材的思想成熟時，在半睡半醒中我會感到有點衝動，禁不住要在床上起來，坐在書桌前動筆。這樣寫出來的文章今天一律成為經典。

三年多前我在《信報》發表了一系列關於大學制度與學術爭取的文章，結集的書名為《科學與文化》，香港與內地皆出版。我對這本書滿意，而在該書內我推薦歷史學家何炳棣二〇〇五年出版的《讀史閱世六十年》那本書。炳棣是我知道唯一的上世紀三十年代在北京清華、六十年代在美國芝大的學者。那是清華與芝大的學術氣氛最好的兩個時期，難得炳棣能記錄下來。

　　北京的朋友對大學的資助是慷慨的。他們提供的研究金令美國的學者羨慕。香港的幾家大學收納的內地學子的成績，一般優於香港本土的，而香港本土的，以我所知為例，在美國一律讀得好。美國今天歧視中國內地的學子，北京的簡單應對，可按我三年多前出版的《科學與文化》的建議，或參考何炳棣的《讀史閱世六十年》，大事改革中國的大學制度。

　　（《中國經濟的內憂外患》之二）

四、斯人不可聞

從《國富論》的三得兩失說思想傳世的需要條件

（斯密的《國富論》發表二百四十周年，上海社會科學院二〇一六年九月十一日舉行紀念會議，本文是當天我在那裡的講話，由陳克艱整理。）

斯密的偉大我不需要介紹，有很多不同的闡述。我個人認為要明白斯密，首先要明白他的《道德情操論》（*The Theory of Moral Sentiments*）一書。這本書寫於一七五三年，比《國富論》（*An Inquiry into the Nature and Causes of the Wealth of Nations*）還早二十多年。光看這本書，好像不是那麼的重要，但他從《情操論》到《國富論》的轉接是很重要的。

從博愛到自私

《道德情操論》說的是同情心，討論人在某種情況下同情心會大一點，某種情況下又小一點。舉個例子，親眼看見一個窮人在街邊死了，你的同情心會增加；只是聽說一個窮人在街邊死了，你可能就無所謂。人在不同情況下的同情心不一樣。是有"博愛"這回事的，但是博愛在不同情況下也不一樣。自己的兒女你就會疼得多一點；聽到朋友的不幸，你的關心要比不認識的人多。整本書的結論，可以借用孔夫子的話來表達。大同是"人不獨親其親，不獨子其子"，要"天下為公"；小康則是人們各自"獨親其親"、"獨子其子"。斯密說的，是在這個社會裡面，小康是可以做到的，大同做不到。獨親其親可以，各自為家可以，但是要把博愛推到全世界，就做不到了。這是一個很重要的觀點，很多人沒有注意到。

到《國富論》的時候，斯密就提到了人類的自私對社會有貢獻。他說釀酒師或者麵包師是為了自己的利益而服務社會，生產麵包或者酒供給你們，並不是因為愛你們，而是要賺你們的錢。從《道德情操論》的起點看，一個人並不是不想博愛，而是做不到，因為生活在這個世界上，得靠自己。別人不是不想幫你，而是幫不了那麼多。自私是迫不得已的，是適者生存的結果。這是斯密對自私的觀點。現在經濟學上所用的是"利益極大化"，這個關於"自私"的假設，好像是說人有意要自私，喜歡自私。這和斯密的原意是不同的。斯密不是說人類喜歡自私，而是人類沒有辦法不自私。麵包師和釀酒師就是因為自私才對社會有貢獻，人類就是靠自私才能生存的。斯密的自私觀點是適者生存和自然淘汰的觀點，是非常重要的，這個觀點他在整本《國富論》裡說來說去。但他的佃農理論錯了，他的推理是在講制度的改變，是講適者生存，出錯的原因只是他對歷史的掌握沒有那麼充分，對世事知道得沒有像我們現在這麼多。

斯密影響了達爾文

斯密整本《國富論》來來去去都是說適者生存。人並不是想自私，而是天生有同情心、有博愛心的，但是不可能到處同情，不可能永遠博愛。在某種情況下，他只有自私才可以生存。這個適者生存的觀點，後來影響到達爾文。自然選擇、自然淘汰的思想不是從達爾文開始的，是從斯密開始的。細心地看斯密，從《道德情操論》開始，到講釀酒師的一段，就能看出這位偉大的思想家影響了達爾文。幾年前有個人寫了一本書，說經濟學的鼻祖是達爾文，不是斯密。他根本沒看清楚這些書，適者生存的思想是達爾文從斯密那邊拿過來的。

　　但是斯密的自然淘汰思想，在今天就成了經濟學中一個嚴重的缺失。《國富論》整本書說的自然淘汰都是向好的方面的，對人不利的會被淘汰，當然是淘汰不好的。我們現在和那個時候是不一樣的，他那個時候工業革命剛剛開始。但是人類後來的發展，二十世紀有兩次世界大戰，有原子彈的發明，中國有人民公社，有文化大革命，這些都是可以滅絕人類的，人類經常在自相殘殺。無論是斯密的自然淘汰論，還是發展到達爾文的自然淘汰論，都沒有辦法解釋人類為什麼會自相殘殺。我不懷疑人類有一天會自我毀滅。達爾文的自然進化論解釋某些物種的滅絕，但自然淘汰的思維引到人類滅絕，斯密的適者生存觀是做不到的。

　　斯密提出的自然淘汰的觀點，是複雜的思維，我一直在運用這個思維。比如我對均衡的理解，就跟現在的經濟學不同。我的理解接近斯密的思維，把均衡從適者生存的角度看。我的老師阿爾欽在一九五〇年發表過關於自然淘汰的文章，很重要，但斯密的自然淘汰卻解釋不了人類的互相殘殺和自我毀滅。當然你不能說自然淘汰沒有用，我就是運用自然淘汰的觀點來分析市場機制的。我這裡要強調的是，斯密的自然淘汰不能解釋人類自己滅絕自己，而人類自我毀滅是絕對可能的。順便說一下，假如當年斯密能夠解釋人類的自相殘殺，解釋得到位，就不會有今天博弈論的出現了。

天生的自私

一七七六年到一九七六年剛好二百年，有個叫理查德 道金斯的，出了一本書《自私的基因》（*The Selfish Gene*）。這本書很重要，他說自私不是自然淘汰的結果，而是天生基因裡就有了。這本書是說動物而非人類的，長篇大論，證據很多，推理很精彩。他說動物天生有自私的基因。天生的自私是可以毀滅自己的，人類可以自我毀滅，跟自私的基因沒有衝突，但是自然淘汰的自私就不容易符合這個邏輯。道金斯這本書影響了經濟學思想的發展，加上許多人對新的事物、新的問題的研究，導致博弈論的出現。我自己認為博弈論是沒有用的，因為無從驗證。我們不能否認，斯密的自然淘汰觀是有缺點的，因為人類互相殘殺的問題，斯密的自私概念、自然淘汰思維解答不了。

如果說是因為自私的基因、天生的自私導致互相殘殺，導致毀滅自己，這是可以說得通的。而現在經濟學的解釋，從我們這一代的學科來說，就不是說自然淘汰，也不是說自私基因，而是我們經濟學武斷的假設：所謂自私，即是在局限下爭取利益的極大化。這是第三種自私。邏輯上這第三種自私也容許人類毀滅自己，不需要用到博弈理論。這種自私觀要看到局限的轉變，局限的轉變原則上可以觀察到。後面我還會再說。

斯密《國富論》最大的貢獻就是適者生存、自然淘汰，很多人不知道。要把書看清楚，最好把前面的《道德情操論》一起看，兩本書一起看，翻來覆去地讀，自然淘汰這個概念是源自斯密的偉大貢獻。

分工與市場的結合是經濟學的起源

斯密的第二項貢獻，大家都知道的，就是分工合作。分工合作可以增產很多。一個人在工廠製造一根針，假如是和很多人在一起分工合作的話，每個人的產量會劇增，增加幾百倍。我們知道這個分工合作甚至可以帶來幾千倍幾萬倍的增長。過去，人多不夠糧食，餓死的情況時有發生，分工合作能改善這種情況，提高生活水平，人口也會增加。分工合作可以帶來很大的利益，這是中國傳統上就知道的，春秋戰國的時候就已經知道。斯密的貢獻在於把分工合作帶進了市場。

分工合作是怎麼增產的？是怎麼起作用的？答案是得有一個市場。斯密說分工合作的程度是由市場的廣闊度來決定的，這是一句名言。也就是說，不僅要分工合作，還要有市場，這一點是他非常重要的第二項貢獻。分工合作我們中國一向都知道，帶來的利益幾千年前就知道，但是沒有和市場給合在一起。分工合作不引進市場怎麼會有大用呢？增加了供給，沒有市場幫忙推銷是不行的。經濟學的發展，西方搞起來而中國搞不起來，就是因為西方有工業革命，有工廠的存在。中國只是家庭產出，沒有工廠，只是到了清朝後期才有工廠。之前都是家庭生產的，然後去市場交易，經濟學的發展中國就差那麼一點。中國很早就知道了分工合作，也知道市場，然而市場和分工的組合這個關鍵，我們沒有看到，就差那麼一點。

斯密的書第一頁打開，就是分工合作那幾頁，同時也都是講市場，然後經濟學就搞起來了，這是他第二項最大的貢獻。換言之，雖然中國古時就知道分工合作與市場功能，但在家庭產出的制度下這些現象遠沒有英國的工業革命那麼誇張。不夠誇張，就不容易看到經濟學的重點。我曾經指出，要解釋現象我們要選擇誇張的入手。

經濟學的傳統架構

斯密的第三項貢獻。資源的使用與收入的分配這兩方面也是他提出來的，不需要等到李嘉圖。資源怎麼使用，收入怎麼分配，發展到今天的經濟學，資源的使用叫做微觀，收入的分配就是後來所謂的宏觀。凱恩斯之後的凱恩斯學派提出的"宏觀經濟學"是誤入歧途了，並沒有什麼宏觀經濟學。經濟學的架構是斯密提出來的。

所以斯密有三項貢獻：第一，自然淘汰。有錯的地方，因為他不容許人類有互相殘殺，而實際是有。現在改進了，我們現在所說的局限下爭取最大利益也是從他那裡來的。第二，分工合作跟市場的關係，從西方的工業革命可以看到。第三，經濟學的架構是他提出來的。雖然有缺點，並不完美，但是是他提出來的，所以把他稱為經濟學之父是有道理的。

漠視合約與交易費用

以上是斯密做得好的三方面，但是有兩方面的缺失。第一項缺失，就是他考查工廠時沒有注重工廠裡面的合約安排。我不大明白，斯密起筆就分析一間製針廠，為什麼沒有注意到合約的安排呢？馬歇爾花了幾年時間到工廠，為什麼馬歇爾也沒有重視合約的安排呢？科斯寫公司，說得天花亂墜，為什麼也是沒有講到合約的安排呢？所以這是很大的缺失。講到合約安排與選擇是從我開始的。我寫《佃農理論》就引進了合約的選擇。後來我去跑工廠的時候，主要是注意工廠裡面的合約安排。忽略合約安排在經濟學上是很大的缺憾，再怎麼說財富分配、資源使用都沒有用。合約安排才是關鍵，讓我們看清楚財富分配與資源使用。斯密沒有重視，翻來覆去說人類怎麼分工合作、怎樣專業生產，就是沒有提到合約，不管是時工還是件工，都沒有提到。因此他對制度的分析，如佃農、奴隸制度等等，都漏了重要的一個環節。要從合約的方面去看，合約的選擇就是制度的選擇，他沒有做到這一點。這是一個很大的缺失。

第二項缺失可能更重要，那就是斯密漠視了交易費用。他不是不知道，經濟學一向都知道有這種局限，但假設不重要。這是很大的缺失。整個馬歇爾傳統都是源於斯密。從李嘉圖到密爾到馬克思到馬歇爾，一直到我們這一代，交易費用基本上是遭到漠視。科斯從一九三七年開始一直重視交易費用，但從解釋現象或行為的角度看，他有些什麼具體貢獻很難說。要怎麼處理具體的交易費用呢？就是在今天，我們還有很多東西搞不懂，解釋不通，經濟學的發展於是走到博弈理論那邊去了。博弈理論是術語連篇，很多東西都是不能觀察不能驗證的。斯密漠視交易費用有很大的問題。人類爭取利益極大化，這是自私的假設，但是不把交易費用加進去，就無法解釋人類為什麼會互相殘殺。人類爭取利益極大化，我拿出槍來是不容許的，但如果加進交易費用，互相殘殺就變作可能。漠視交易費用，經濟學被弄得一塌糊塗。

把傳統的理論清理與簡化

我研究的經濟學絕對是傳統的，是斯密和馬歇爾他們的。毫不誇張地說，我對馬歇爾經濟學的掌握，比今天任何一個青年都要好。我重視合約，提出漠視合約是經濟學的缺環，填補了它。然後我引進交易費用。但是要引進交易費用並不是那麼容易的，不像講起來那麼容易，科斯也講了很多，但也只是講講而已。他是我仰慕的人，但我還是要説我對此不滿意。光説一下是不行的，德姆塞茨等人，他們都只是説説而已，解釋不到現象。什麼是爭取效用極大化，方程式寫得很漂亮，但是解釋了什麼呢？我的觀點是，不引進交易費用很多問題都不能解釋，不把合約研究好，很多方面都解釋不到。我們要把交易費用放進去。但怎麼放呢？傳統經濟學架構，從斯密到李嘉圖到馬克思到馬歇爾，都沒有給交易費用留位置。所謂的局限下爭取利益極大化，裡面沒有交易費用這項局限。我們要怎麼才能加進去呢？光説交易費用重要沒有用，重要的是怎麼把它放進經濟學的架構中去。經濟學的傳統架構是沒有留位置給交易費用的。

輪到我來處理這個問題的時候，我覺得原來的經濟學裡廢話太多，要多留一點空位把交易費用放進去。所以我花了幾十年功夫，先把廢物清理掉，把它們都推開，預留足夠位置把交易費用放進去。需求定律不可以沒有，要保留。成本的概念不可以沒有，要保留。競爭的含義不可以沒有，要保留。這三個是必須保留的，不可以沒有，其他的我全部清理掉，一律不要。這就騰出很多空位讓我把交易費用放進去。解釋的功力就出來了。我是花了幾十年的功夫，跟傳統經濟學沒有分離。其實我比傳統更傳統。我熟讀斯密、馬歇爾，但我重視解釋。假如經濟學不能作解釋，又有什麼用呢？不把交易費用放進去，就解釋不到什麼東西。要解釋，就要研究交易費用怎麼放進去，就要清理一下，沒有用的扔了，留下的是很簡單的架構。

思想傳世的需要條件

說到思想傳世的問題，這是不容易的事情。我可以自己誇張地說幾句話，這十年來，我發覺我四五十年前發表的文章現在還在，不是很紅，被引用不是很多，但幾乎每一篇都還存在。我的《佃農理論》是一九六七年寫好的，現在還在，即使再過五十年、一百年，還會在。一九六九年我在芝加哥大學出版的《佃農理論》，當時是五美元一本，現在網上沒使用過的叫價近二千，用過的八百。花那麼多錢買一本書不會白白扔掉，對不對？我寫的《蜜蜂的神話》，一九七三年出版的，還在。去美國念經濟學的研究生，還要念我的文章。你看我寫中國婚姻的那篇文章，一九七二年寫的，現在又紅起來了。我們從事這種工作，是掙不了錢的，思想是不值錢的。工程師值錢，我的《蜜蜂的神話》值什麼錢呢？我的《佃農理論》哪裡值錢了？但是傳世對作者來説有很大的滿足感。老實説，你給我十億、二十億，讓我把《佃農理論》賣給你，我也不願。自己的思想傳世，是一種很特別的滿足感。假如我告訴你，我不注重思想的傳世，那我是騙你的。我們走這條路的哪一個不重視自己的思想傳世？但是這個問題我最近幾年才知道，我們的文章是過了幾十年才知道傳不傳世的。你自己試試看，傳世五年都不是那麼容易。時間是無情的。大紅大紫的文章多得很，只是時間是無情的。這個問題我們回頭來看，文章怎麼傳世呢？思想怎麼傳世呢？

創作環境有關鍵性

文章能否傳世有三個要點。第一，一定要有新奇感，要有新奇的東西；第二，一定要有好的品味；第三，一定要有趣。這樣子基本就能傳世了。我那些傳世幾十年的文章，如果稍遇到一些障礙就寫不出來了。可以傳世的原因，是當年美國的朋友不管我，別人要發多少學術性的文章，但不關我事，只要我自己做得好就行了。你們現在看，我任何要交差的文章，要應酬的文章，沒有一篇是留得下去的。我為美國西部經濟學會寫的那篇講稿，用心寫的，人們都說我寫得好，但是沒有了，傳不下去。為興趣寫的，講蜜蜂怎麼採蜜，講座位票價，講中國的婚姻，都傳下來了。做學問的目的是為什麼呢？薪水又不高，作為學者我就是要爭取思想傳世。堅信這一點，高傲自信。我當年在美國的時候，系主任是諾斯，對我說得很清楚，別人要算文章數量，但不關你事，你幹什麼都可以，寫也可以，不寫也可以，與你薪水無關的，隨便你怎麼做，我們不管。就這麼簡單。所以說文章傳世的條件其實不是那麼困難。不是說你沒有這個本領，而是說你沒有這個環境。目前中國大學的制度不容許學者寫出傳世文章。你比我聰明十倍都沒有用。

爭取一個思想範疇傳世

思想要如何傳世，這是非常困難的。再回到斯密，他又高出了一個層面，他不是一篇文章傳世，而是一個思想範疇傳世。一篇文章的傳世和一個思想範疇的傳世是不一樣的，思想範疇的傳世是反映着一個思想範疇的轉變，或反映着一個大時代的轉變。能做到思想範疇傳世的，斯密是一個，李嘉圖是一個。雖然後者的分析很多錯。我們現在的數學

284

模型分析是李嘉圖做出來的。馬克思也算是推出了一個思想範疇，因為他看到財富不均的問題。他只是弄錯了，但總算是反映着一個時代思想的轉變，所以他是思想傳世。再說下去，馬歇爾代表了邊際分析，是新古典經濟學的代表。那麼多新古典都圍繞着他，他寫出了經濟學的整體架構，也是一個新的範疇。現在輪到我，該怎麼做呢？我八十歲了，最近花了六個月，日以繼夜，把我的《經濟解釋》重新修改了一遍，由四卷變成五卷。因為看到機會了，自己有機會創立一個思想範疇。成功機會不高，因為這是難度極高的嘗試。我怎麼做呢？我把傳統的馬歇爾經濟學理論改成最簡單的，把其他不合用的全捨棄。然後重視合約，把交易費用引進。追求思想傳世，對作者是很大的滿足感。

中國傳統的不幸

再看中國的情況。我們有很多青年很厲害，基礎很好，然而純從思想這方面看，他們是做得不好的，所以目前中國的發展，是一個很大的問題。回頭看中國的發展，你不可能說中國沒有天才。中國的天才多得很，比如蘇東坡，他的創意很厲害。但是當我們看英國，文學有莎士比亞，物理學有牛頓，經濟學有斯密，生物學有達爾文，畫家有脫爾諾（William Turner）。一個小小的國家，五位頂級大師，而中國哪裡拿得出來？我不接受中國人智力不如他們的說法。當年我在美國，和那些經濟學大師比併，我感到安然自得。為什麼中國今天有這個問題呢？就是約束教育導致的。回頭看以前，春秋戰國時期，百家爭鳴，有思想大師。但是比起西方，英國這麼小的國家，他們對學術方面的制度確實比我們的好。

謝謝各位！

盜非盜：從鄧小平的智慧說起

（二〇一八年七月三日發表於《蘋果日報》）

朋友傳來一篇英語文章，是 Peter Navarro 寫的。此君以敵視中國知名，寫過一本題為《中國致命》（*Death by China*）的書。目前他是特朗普總統的製造與外貿政策委員會的主席。顧名猜意，他是說中國的經濟發展對外可以致命。這不是傳統經濟學的看法，但這些日子特總統的言論，主導着的貿易戰，有這樣的味道。我曾經說過，特總統是大好商人，競爭要把對手殺下馬來。然而，國際上的貿易，基於互相得益，要賺他家的錢你要讓他家賺你的錢。

Navarro 的文章是為特總統辯護，題為《特朗普抽進口稅是為了防守中國的侵略》。文內的重點，是指責中國盜竊了美國的科技知識，提出一位中國的女士因為這類盜竊而認罪的例子。那所謂工業間諜活動（industrial espionage）在美國歷來是大話題，這方面的盜與防盜，花上的錢每年以百億計。

上世紀七十年代美國的國家科學基金給我資助，要求我考查發明專利與商業秘密這些難度甚高的話題。無論是深度或廣闊度，在經濟學者中沒有另一組人比我和幾位助手調查得更全面。但我說過，因為難度太高，我們以失敗收場。話雖如此，如果讀者參閱我的《英語論文選》中的《產權與發明》那章，會知道我們當年的考查與研究是有着深度甚高的一面。

中外合資的成因

說今天特總統要大手徵收中國有高科技含量的產品的進口稅，其中的科技知識是從西方引進，是沒有疑問的。不是局部——是全部。一九七九年的秋天我到闊別了二十多年的廣州一行，見到那裡的幹部朋友，讀過大學的，對外間有點科技含量的產品所知一律是零。鄧小平比我知得早：一九七五年他就說中國要引進西方的先進科技才可以把經濟搞起來。那當然，但要怎樣才能把西方的科技引進呢？

關鍵是一九七八年十月，美國通用汽車的董事長造訪中國，提出與中國合資經營（joint venture）這個當時中國人沒有聽過的安排。這建議傳到鄧小平那裡，他說："合資經營可以辦。"一九七九年七月，鄧老提出的選擇合資的理由清楚明確：

"現在比較合適的是合資經營，比補償貿易好，因為合資經營風險是雙方承擔。搞補償貿易，我們得不到先進的東西。搞合資經營，對方就要經濟核算，它要拿出先進的技術來。儘管它對某些技術有保留權和擁有權，但不管怎麼樣，總在這裡用了，用了我們總會學會一點。"

研究院同學執到寶

十多年前，一位在內地唸經濟研究院的同學，拿着八套中外合資的合約來找我，不知是怎樣弄來的，問這些合約提供的資料可否作為博士論文的題材。所有合資皆以五十、五十合股。真巧，這些合約中竟然有中方與通用汽車的合資合約。見到這批真實的中外合資合約的樣板，我只翻閱幾分鐘，就跳起來。每項合資有幾份合約，其中我認為最重要的是那說明科技的投入與商標名牌的收費，說明外間的銀行戶口號碼，中方要按時匯款。這是說，除了合資所獲的分成，中方還要付的是商標、科技等費用。其他七家外資跟中國的合資合約也大約如是。真替通用高興，今天，他們的汽車在中國的銷量比在美國還要多。

當我見到那些合資合約時，感到震撼，因為意識到，合資之外，一個街上人看不到的要點是商業或科技秘密的租用。發明專利的租用合約容易，但牽涉到商業秘密租用的合約很困難，因為秘密這回事，一經外洩就去如黃鶴，無法收回。一項值錢的商業秘密，要找買家，不容易寫出給秘密的擁有者可靠的保護的文字。一般的習慣是：你要把值錢的秘密給我考慮購買或租用嗎？先給我簽一張如有外洩我概不負責的合約（稱 submission agreement）吧。

這裡的問題，是一部汽車必有多項發明專利的保護，這些專利是什麼發明在申請註冊時一定要公開說明，今天任何人可在網上找到。商業秘密沒有明確的保護。任何人見到成果而可以追溯成因或可複製出來的，法律皆不能保護。像雲南白藥那樣能歷久地守秘的例子罕有。問題是一般的商業機密不像藥方那樣清晰明確。一項做生意的程序可以是重要的秘密——好比多年前美國一間航空公司出售機票的程序就曾經惹來商業秘密盜竊的官司。相比起來，一間有斤兩的工廠，其產出程序及無數的其他資料一般要員工守秘——美國工廠的運作，很多瑣碎的事項不要讓外人知道。中美簽訂的合資合約容許中方知道產出中的無數方法與程序，合資可以協助守秘，因為外資可派人到現場監管。

市場換技術的發展

這就帶到另一項有趣的發展，也跟鄧小平有關：市場換技術。這裡的理念是說，外資到中國設廠，科技含量越多，中國會越開放本土的市場給有關的外商。這個理念起於一九八二年十二月那麼早有點奇怪，因為那時中國還算不上有什麼市場。但鄧小平顯然是意識到中國的市場發展起來將會是非常大。始於一九八二年沿海的經濟特區。本意是外資到特區設廠，必須外銷，讓中國賺點外匯。跟着的改變是，如果外資的工廠帶進可觀的科技，內地的市場可放一點給該外資。

市場換技術這項戰略性的政策，一九八四年三月二十二日變得清楚明確。記載說：

"中央領導同志一再指出，這個問題要解決（即打開利用外資、引進技術的局面），要讓出部分國內市場換取我們需要的先進技術，凡屬外商確實

291

提供了先進工藝、技術、設備的產品，要讓出部分
國內市場，允許一定比例內銷；國內緊缺需要大量
進口的產品，要允許內銷以替代進口……進一步開
放沿海港口城市和辦好經濟特區，不能指望中央拿
很多錢，主要是給政策，一是給前來投資和提供先
進技術的外商以優惠待遇，稅收低一些，內銷市場
讓一些，使其有利可圖。"

　　這裡要注意，市場換技術是不需要跟中國合資
的。這是說，要在中國設廠製造出口貨，可讓中國
賺取外匯，歡迎，但要賣到內地市場賺錢，那麼你
設的廠要有相當的科技才成。換言之，來自香港的
無數的所謂"來料加工"的廠商，其產品一律要出
口，管得很嚴。

　　作為經濟學者，我不能完全同意上述的政策，
但北京上頭就是這樣處理，而跟着的科技引進無疑
是成功的。今天外間見到的有相當科技含量的中國
產品，其科技知識不是盜竊而得，也不是明碼實價
地在外間市場買回來，而是通過合資與"市場換技
術"弄回來的。

　　聽說北京將逐步取消合資的規限，到二〇二二
年全部取消。我認為可以早點這樣做：只要有點科
技斤兩的外資進來設廠，不能不多用中國的員工，

其科技知識會擴散，雖然不及合資那麼快，但夠多可以彌補。這裡的有趣問題，是如果讓外資自由選擇，我認為他們大多數會選跟中國合資，雖然中方的股份多半會低於百分之五十。他們會要求合資，因為有中方的參與所有經營必須辦理的手續會來得遠為容易。這不是說在中國經商的手續格外麻煩，而是外商不容易弄清楚什麼是門什麼是路。

深圳是鄧小平的代表作

今天，中國每年申請國際發明專利的數量超越了日本，估計約兩三年會超越美國。這些數據不一定能正確反映科技的進度或水平，何況中國的人口是美國的四倍多。重要的中國科技邁步前走的證據，是深圳的發展。那裡中外名家雲集。年多前我推斷十年後深圳的發展會超越矽谷。這推斷主要是因為該市有一個工業重鎮——東莞——在旁邊。十年前東莞因為新《勞動合同法》的引進而變得一片蕭條，今天，深圳的急速發展擴散到東莞與惠州去，導致這兩個城市的樓價跳升。

是深圳之幸。東莞的工業不像昆山那樣，廠家各有各的產品牌子，也不像蘇州工業園那樣，廠家各有各的名牌。東莞有的多是接單工廠。一個到深圳投資的機構，要造一件產品的樣板，東莞可以立刻做，快而精。這樣的服務矽谷沒有。難怪天下的知名品牌今天紛紛跑到深圳去。

回頭說"中國致命"這個話題，我怎樣也想不出中國的崛起對美國的整體會有害。美國某些行業需要轉型，某些行業需要放棄，但整體而言中國的崛起對美國一定是利大於害。美國今天的經濟增長率，是列根總統以來最好的。去年我對一些朋友說美國今年的經濟增長率，有機會超越列根一九八四年的六點八五。現在看不會。貿易的保護政策歷來是害人也害己的。

日暮黃昏話金庸

（二〇一八年十一月六日發表於《信報》）

金庸謝世，追悼、評論的文字無數。是應該的。十八年前，為了回應北京寫手王朔對金庸的批評，我發表《我也看金庸》，提到"說金庸作品暢銷，不大正確。金庸是一個現象……總銷量達一億，看來毛語錄的世界紀錄將來可能被老查破了。"今天看真的是破了：一個英語電台報導，查先生小說的總銷量達三億！

一位廣州的同學說她沒有看過金庸。我促她趕緊買些看。過了一天，她說新版有售，但舊版被搶購一空，問我何解。我說自己喜歡舊的，認為新的有些地方改得不好。我歷來認為可能自己以先入為主，看到新版有異，就看不慣，但今天的市場搶舊棄新，可能真的是改差了。不能說最原始的完全不要改。例如《碧血劍》初出現時，袁承志的大師兄名為林大可，到後來卻變作黃真。

　　一九五四年，《書劍恩仇錄》在《新晚報》出現，我和西灣河太寧街的朋友就開始跟進了。查老對我們這一代的影響深遠。約十年前一位朋友要求我替他的馬匹起個名字，我問他該馬是怎麼樣子的。他說有灰白色的毛，我就建議用"雪山飛狐"這個名。不久前該友買了新馬，再要求起名，指定要與航空有關，我想兩分鐘就建議用"天池怪俠"。建議與接受皆容易，可見查老小說的普及，自成一家。

　　說起來，我算不上是個受過正規中文教育的人。皇仁書院最低的第三級也沒有過關。八二年回港任教職後，林山木邀請我寫專欄，我勉為其難地嘗試，雖然初時有朋友代為修改一下，但過了不久就寫成今天這個樣子。來得那麼容易，有三個原因。其一是抗日戰爭在廣西逃難時，有一位跟着一起逃的是國文老師。他帶着幾本詩詞古文的書，在夜間要我給他用樹枝生火，他就着火光朗誦，我在聽。年幼時過耳不忘是母親傳給我的。其二是開始用中文動筆時，先有林山木後有舒巷城替我修改一下文字。其三，最重要的，是當年多讀金庸的武俠小說。我是從香港讀到加拿大讀到美國那邊去。

　　說金庸的中語文字上佳當然沒有疑問。但他是浙江人，對平仄的音律處理得不夠好。例如在《碧血劍》中有一個回目，起為"懷舊鬥五老，仗義奪千金"。二四六分明，上下聯的第二個字皆仄音，違反了中國的文字規格。不單是對聯回目，文章內也往往有平仄規格的要求。這方面，浙江、上海一帶的人是比不上廣東或四川的了。

我見過金庸三次。第一次是一九九○年的春夏之交，凌晨二時多，我正在睡，收到梁鳳儀的電話，說查先生要見我。起初我以為是查濟民，但聽下去卻是從來沒有見過的查良鏞。我當然樂意，叫梁鳳儀替我安排時間。殊不知鳳儀說："查先生要你現在去，在山頂道一號，他在家等你。"

那麼奇怪。約凌晨三時我駕車到查宅，是一間獨立房子，進門後見到一排一排的線裝書，在書架上放得很整齊，彷彿沒有人翻過。有女傭款待上佳的茶。我遊目四顧，什麼都很整齊，一塵不染，跟我自己的書桌歷來亂七八糟，只餘約兩平方呎的空位寫文章，要找什麼則大聲求救，差太遠了。

查先生出現，給我看一封英文信，記得是《南華早報》的信箋，內容是說要購買《明報》，出價可觀。查先生說，他老了，要退下來，因為見到我的中語文章寫得生動可讀，希望我能轉到《明報》

去替代他。這麼突如其來，我不知怎樣回應。他知道我是港大的經濟系主任，不容易離職。大家傾談了約一個小時，約好日後再談。

大約過了兩個月，我收到他的一封信，說他在比利時看牙醫，回港後會再跟我討論過檔《明報》的事。後來遇到一位熟知比利時的人，問他該國是否精於牙術，他說不知道。

再過幾個月，我邀請了剛來香港的劉詩昆到港大的一間音樂室演奏琴技，請了數十位知音人，查老也來了。詩昆演奏後我見到查老小心地扶着胡菊人下梯級，心想，外間傳說查、胡兩人有過節，應該不嚴重。前幾天查老謝世後，想起故交，我掛個電話給蔣芸，問她菊人與戴天怎樣了。蔣芸說，兩位皆在加拿大，生活寫意。我囑蔣小姐向胡、戴二兄問好，也要說我常想念他們。

詩昆演奏後，在香港大學特別為我們安排的自助餐晚宴中，我見不到查老，想來他是先行離去了。跟我同桌的當然有詩昆，也有我第一次見面的林燕妮。我這個人永遠是本性難移，美人一定記得，何況燕妮是個才女。香港的確是奇人雲集，以人口的比例算，內地輸了幾條街。才女是一回事，她的弟弟林振強是另一回事的天才了。若干年前在台灣跟振強同桌晚宴，我直對他說他是個天才。

查先生再沒有跟我聯絡關於任職《明報》的事，而過了不久大家知道于品海接手了該報。二〇〇〇年一月，為了回應北京作家王朔寫《我看金庸》對查先生的嚴厲文字批評，我發表了《我也看金庸》。《明報》的朋友說，查老當時在英國，讀到我的文章很高興。

大約二〇〇二年，在杭州的一次晚宴中，查老跟我坐在一起。他提到我寫的《也看金庸》，要求我讓他放進一本文章結集中。我當然同意。該文結尾時我寫道：

"我認為在多類小說中，新派武俠最難寫得好。作者的學問不僅要博，而更重要的是要雜——博易雜難也。歷史背景不可以亂來，但正史往往不夠生動，秘史要補加一點情趣；五行八卦要說得頭頭是道；奇經穴道、神藥怪症，要選名字古雅而又過癮的；武術招數、風土人情，下筆要像個專家；詩詞歌賦，作不出就要背他一千幾百首。

雜學不容易，要加起來更困難。風馬牛不相關的事，要有超凡的想像力才能合併得順理成章。武功本身多是虛構，併之以雜學是另一重虛構了。一般小說的虛構可信，但武俠小說是不可信的。事實上，可信的武俠不好看。但太離譜的——取人首級於千里之外的——也不好看。新派武俠小說的成功之處，就是讀者明知是假，但被吸引着而用自己的想像力，暫作為真地讀下去。

打打殺殺的故事，像美國的牛仔片那樣，是不容易有變化的。引進旁門左道的雜學，加之以想像力，而又把故事人物放在一個有經典為憑的歷史背景中，從而增加變化，是一項重要的小說發展。然而，能如此這般地寫得可以一讀再讀的作者不多。梁羽生在《白髮魔女傳》之後的變化就越來越少了。"

金庸舞罷歌臺；我自己日暮黃昏。回想二十八年前跟他的簡短交談，感受上是在跟他對弈，因為他感染着我要推敲他是在想什麼。不是舒適的感受。我平生遇到過的學問高人無數，查先生是其中一個。只他一個給我那樣要推敲的不舒適的奇異感。從我的視名頭如糞土的個性選擇，查先生是個不容易交為朋友的人。

德姆塞茨在經濟學的貢獻

（二〇一九年一月四日德姆塞茨謝世，十三日
我寫此文，憶往事，對新制度經濟學的初期發展
作了些片段的解釋。）

德姆塞茨（Harold Demsetz, 1930-2019）謝世
了。因為他是新制度經濟學其中的一個重要人物，
不少同學希望我能說一下他在這個範疇上的貢獻。

我是一九五九年進入洛杉磯加州大學讀經濟本
科的，一九六一學士，一九六二碩士。那時德姆塞
茨在該校任教，一九六二年我是他的改卷員。此君
善忘，後來他竟然完全不記得我曾經為他改過試
卷！其後他轉到芝加哥大學，受到斯蒂格勒
（George Stigler）的賞識與科斯（Ronald Coase）
的影響，成為大師。這個令人耳目一新的大躍進是
源於一篇一九六三年他寫成的五十多頁的長文稿，
後來分為兩篇在學報發表。該文稿他寄到洛杉磯加
大給我的老師阿爾欽（Armen Alchian），阿師偷偷

地給我看了，因為德姆塞茨說明不能讓外人看。

這篇文稿對我的影響很大。德氏加進交易費用，把帕累托至善點再闡釋，帶來了一番新天地。一個簡單的例子，可以解釋清楚德姆塞茨在這方面的貢獻。這例子是我從他的論點想出來的。我們到餐館吃自助餐，支付一個固定的餐費後，吃多吃少餐館完全不管。於是，一位顧客會吃到最後一口對他的價值是零，但這最後一口食品的成本可不是零。邊際成本於是高於邊際用值，傳統的觀點會說這是浪費，違反了帕累托至善點。但德姆塞茨說如果引進監管顧客食量的費用——這監管費用屬交易費用的一部分，但自助餐不用支付——帕累托至善點可沒有被違反。這是因為節省了的監管費用大於食品的邊際產出成本超出邊際用值那部分的浪費。換言之，如果引進交易費用，傳統的違反帕累托至善點不能成立，而正確的帕累托看法是要加進這交易費用才對。

德姆塞茨無疑是對的。但我在一九七四年發表的《價格管制理論》的結論中說得清楚，如果我們引進所有無可避免的局限，帕累托至善點永遠達到滿足。換言之，不能滿足帕累托至善點的情況，是源於我們漠視或忽略了某些局限或交易費用。在好些問題上，我們解釋一個現象，不需要引進所有的局限，因此會出現違反帕累托至善點的情況。這違反可不是真實世界的實情，而是從事經濟解釋的人不需要引進某些與解釋現象無關的局限。

　　我奇怪德姆塞茨沒有看到我提出的觀點。他差不多所有的文章都是批評政府的干預，但政府的存在是因為一些無可避免的交易或制度費用的存在而起的。無論執掌政權的人把人類弄得多麼悲慘，甚至人類毀滅自己，只要我們能引進所有的局限，帕累托至善點怎可能被違反了呢？違反帕累托至善點的存在，用德姆塞茨的思維推理，只能源於我們漠視了某些局限或其轉變。德姆塞茨的整生都在說市場經濟怎樣好，政府干預或主導怎樣不好，但依照他提出的帕累托至善觀點，要引進有關局限作闡釋，他的作品難以自圓其說。科斯曾經對我說，文字的表達沒有誰寫得比德姆塞茨更清晰。這點應該對，問題是，如果我們依照他一九六三年的雄文提出的帕累托至善點的重要新闡釋，他後來寫的無數批評政府的文章皆不容易自圓其說。

　　經濟學者批評政府常有，也容易，但從有解釋力的科學角度看，作為經濟學者，我們關心的是問為什麼一個現象會發生，不要問一個現象的發生是好還是不好。後者是價值觀的問題，與科學解釋無關。所以我認為德姆塞茨是走錯了路向。好比他批評薩繆爾森（Paul Samuelson）與阿羅（Kenneth Arrow）等大師的關於自然壟斷（natural monopoly）的傳統觀點。這觀點說如果增加產量而平均成本不斷下降的話，自然壟斷會出現，政府要干預。德姆塞茨反對，舉出如下的例子：一間製造汽車的鐵塊車牌的工廠，數量越多每塊車牌的成本不斷下降，這是自然壟斷，但政府無需干預，因為還有其他競爭者。然而，我認為這間車牌製造廠的產品平均成本不應該以每個車牌算，而是要用每次開機的成本算。以後者算，這間工廠的平均成本就不是不斷地下降的，而是碗形。經濟學要問的是為什麼，不要問好不好。

經濟學者對世事知道得不多，批評政府容易，批評市場也容易。如果經濟學者完全不管什麼是好什麼是不好，只是集中於解釋，為什麼工廠會那樣運作，為什麼市場有時會那樣離奇，為什麼政府要左管右管──只要能引進有關的局限轉變，求得可以驗證的假說，作了解釋，那就是經濟學者可以做而又應該做的事情。至於什麼有益社會，什麼可以改進民生，是主觀的問題，與科學的要求是扯不上關係的。

　　我也要提到在我的《佃農理論》的第四章，後來又獨立以文章發表的關於合約選擇的。其中我提出卸責（shirking）這個概念。一九六八年在芝加哥大學，老師阿爾欽到該校訪問，跟他進午膳時我提出兩個人抬石頭下山的例子。甲、乙兩個人一起抬石下山，其重量比兩個人各自抬的加起來為大，但在抬石時，甲會卸責把石頭的一些重量推到乙那邊去，同樣乙也會如此。所以兩個人抬石下山的重量是會低於他們不卸責的重量。但一定會高於他們各自分開抬的總重量，因為如果他們分開抬的總重量高於一起抬的重量，他們不會一起抬。那麼在有卸責而又一起抬的情況下，其重量是怎樣決定的呢？換言之，如果分開抬，每人每次可抬一百斤，如果沒有卸責兩個人一起抬可達二百五十斤，在有卸責的情況，我們知道兩個人一起抬的總重量會是在二百與二百五十斤之間，比如是二百三十斤。這個重量是怎樣決定的呢？阿師當時答不出我的問題，如果沒有引進很多人抬石的競爭，這問題到今天我還沒有答案。

　　這個抬石例子沒有引進我在一九六九年發表的關於合約選擇的文章，但卸責（shirking）這個今天看因為無從觀察因而沒有什麼用途的理念,是在該文提出了。一九七二年阿爾欽與德姆塞茨聯名發表了一篇關於機構組織的雄文,以卸責(shirking)為主題。這篇文章大紅大紫,是美國經濟學報(*American Economic Review*)歷來被引用次數最多的。我自己認為因為 shirking 無從觀察,這個理念沒有用途,所以再也不用了。可惜 shirking 自我提出之後不脛而走,影響了阿爾欽與德姆塞茨的雄文,跟着又影響了威廉姆森(Oliver Williamson)的無數無從觀察的術語的發展,再跟着就是博弈理論了。這是 shirking 帶來的大悲劇。可惜少人知道,阿師在謝世前幾年,認為他跟德姆塞茨合著的大文是錯了。

還要順便一提的是 Klein、Crawford 和 Alchian 一九七八年聯名發表的一篇關於 vertical integration 的文章,其中提出敲竹槓(hold-up)的屬於 shirking 那一類的無從觀察的術語,也是大紅大紫。該文提到因為有敲竹槓的問題,石油公司不會租用輸油管,要自己建造,但會租用運油船。當時我是加州標準石油的顧問,對石油的運輸知之甚詳,對他們說石油公司喜歡租用油管,但擁有自己的油船隊。他們只是把石油運輸的例子刪除,其餘不改。

一九七六年我作加州標準石油的經濟顧問，兩年後該機構問我要不要多聘用一位經濟顧問，我建議德姆塞茨。他們很高興。為標準石油我寫了兩份加起來逾兩英吋厚的關於石油合約的研究報告，阿爾欽讀後說是他見過的最精彩的經濟學實證研究。德姆塞茨也幾番對外人提到這兩份報告。

說到今天不少同學有興趣的新制度經濟學的發展，以年歲的長幼排列，有關的幾位的貢獻大概如下：戴維德的貢獻，是問為什麼會有捆綁銷售這個怪現象。科斯的貢獻，是問權利界定與交易費用的關係。阿爾欽的貢獻，是問價格的用途是什麼。德姆塞茨的貢獻，是問帕累托或有經濟效率的至善點要怎樣闡釋才對。張五常的貢獻，是問合約的用途是什麼與為什麼合約有時是這樣有時是那樣。在知識的茫茫大海中，上述五者的貢獻微不足道，但說不定皆可傳世！有機會傳世，因為這些問題要不是沒有前人提出過，就是提出過但答得不夠深入。

二〇〇八年的春天，德姆塞茨和他太太到上海一行。我和太太跟他們相聚了兩天，甚歡。

燃犀集

作　者	張五常
攝　影	張五常
書底篆刻	茅大容：過危樓欲飛還斂
總編輯	葉海旋
編　輯	黃秋婷
設　計	陳艷丁
出　版	花千樹出版有限公司
	地址：九龍深水埗元州街 290-296 號 1104 室
	電郵：info@arcadiapress.com.hk
台灣發行	遠景出版事業有限公司
	電話：(886) 2-22545560
印　刷	利高印刷有限公司
初　版	二〇一九年五月
ISBN	978-988-8484-34-8

ARCADIA PRESS 花千樹